巴黎瘋瘋瘋

張寧靜◎著

序

我在巴黎旅居的第二十五年，有一次與鄰居古比耶談起巴黎，古比耶說巴黎大而無當，但要了解巴黎，頗不容易，他在巴黎「蹲」了四十九年，還沒有找到要領，因此古比耶說：「巴黎是一個瘋人城！」

我沒有把古比耶的話當眞，因爲他是巴黎知名的畫家、骨董鑑定家，也是知名的老蓋仙，他住在一幢看來是古董級的老房子裡，不養老婆、不養兒子，卻養了一屋子的狗，他說狗比老婆易養，也比兒子忠心。

古比耶平常背著畫架，看到什麼有趣的地方，就把畫架放下來，然後就在畫布上畫兩下，奇怪，他竟然能靠這兩畫很有尊嚴的生活，古比耶說：「你看，像我這樣的人，不就證明巴黎人是瘋了嗎？我並沒有對巴黎貢獻什麼啊！」可是儘管古比耶這樣說，他的美學還是叫我折服，於是我學著以他的眼光來看這個大而無當又是瘋人之城的巴黎。

巴黎是一個「意象」，像印象派的繪畫一樣，充滿了朦朧的美與不眞實，但它卻是存在的，它爲了證明自己的存在，也為了完成它的畫，它建了許多沒有意義的東西，而且從不後悔，但是它的畫永遠是「接近完成」，因此它建了巴黎鐵塔之後又建龐畢度中心，再建拉德豐斯巨型拱門，明天又建……巴黎不像柏林，它有辦法逃避歷史的痛苦與傷痕，世界上只有巴黎面對德軍的入侵而宣佈不設防；巴黎也不像羅馬，重複著古代的輝煌與毀滅，以致失去了今日的輝煌但又沒有跳出毀滅的陰影；巴黎也不像紐約，敢於放懷的挑戰時代尖端而又不怕失去自己；巴黎也不像倫敦，它沒有沒落的貴族的酸氣，也沒有那麼多的禁忌；巴黎也不像台北，它沒有那麼多自命為新潮的趕流行趕時髦的人，但也沒有失去流行與時髦，巴黎沒有台北特有的只有今天沒有明天海市蜃樓的夢幻……巴黎只能說只像巴黎，說來說去，它是世界上唯一的，它是存在的，不管它的美與醜都是存在的，但都是印象派。

巴黎從東到西，約為十二公里，從南到北，約為十公里，全部面積約為一百平方公里，在這小小的面積上，約擠滿了兩百三十萬人和博物館裡的木乃伊，很少人知道巴黎究竟有多少個博物館與多少個木乃伊。如果從高空中俯瞰整個巴黎，巴黎有如一個乾了的桔子，這兩百三十萬人再加大巴黎一千萬人以及平均每年大約五千萬人次的觀光客，還有大約每天平均十個以上的大型國際會議，這些人與這些事，就在這乾了的桔子裡營營碌碌為生，它的渾沌與混亂、它的緊張與敏感、它的瘋狂，自是免不了的，但它卻懂得怎麼用優雅打扮自己。是的，是優雅，巴黎以優雅襯托它的高貴與繁華，襯托它的酒、色、財、氣，而這是巴黎每天都必會端上來的菜。不過，巴黎的這道大菜不是直接端上來的，而是曲曲折折端上來的，這就一如巴黎有許許多多的大道，也有許許多多的曲徑小道，注意古比耶說的「蹲」，大道的繁華是一眼就見的，小道才是通幽的捷徑，如果不花點時間去「蹲」，那麼怎能發現小徑呢？雖說這些小徑有時就在大道之側！

巴黎人是熱情的，但最多的時候，巴黎人以熱情掩飾他們的孤獨與痛苦，他們會噓寒問暖，可也惠而不費，他們可以慷慨的大給小費、慷慨的爲科索夫難民送糧送衣，可是他們也會與政府斤斤計較稅率。他們重視個人自由大於團體自由，可是在有國難的時候，政府若提議「有錢捐錢，有力出力」，結果是出力的人都來了，出錢的人都沒來，因爲有錢的人也來出力了。巴黎人可以爲國捐軀，但不願爲國難捐錢。

有些人說巴黎是文學的殿堂、是畫家的天堂、是流行之都……或者什麼什麼的，巴黎總有十幾個名字，而且這些名字都對！不論是什麼人，文學家也好，畫家也罷，或者嬉皮之類、同性戀者，都可以在巴黎找到位置，而且都是主角。其實觀光客若肯留意，觀光客在巴黎也會很快的找到自己的位置，但那是僅憑點滴的了解與急急的販賣巴黎時尚的位置。巴黎是兩千年的古都，是許多先賢與傑出人士堆沙而建起來的，但現代的觀光客只要三言兩語就可以以他的構想建造一個或兩個巴黎，甚或幾十個巴黎，可是沒有一個是眞的。

巴黎是一個慾望之城，但這個慾望，不僅僅是性的慾望，還有向前看的慾望，還有懷古的慾望，更加上對藝術的慾望。巴黎有古老的一面，但巴黎並不一定非守舊不可，因此任何新的人、事、物，天天都在誕生，但任何新的，在巴黎千變的面貌下，很快的就會變成舊的，就連潮流也是如此，不過舊的有時也會再變爲新的。二十世紀三〇年代的「美好時光」（Belle Epoque）所散發出來的藝文氣息，早已是過往雲煙了，可是在同一個世紀的末梢，它又再度端了上來，它又成爲巴黎的主菜，因此別對巴黎人用「懷舊」這個字眼，巴黎人的字典裡是沒有這個字的，巴黎最古老、年齡最大的橋不是就名「新橋」（Pont Neuf）嗎？它的身上雖披滿了好幾個世紀的斑駁，但它永遠都是新的，不論在它的年齡上與巴黎人的心上，都是如此！

古比耶說，巴黎不適合久居，但他在巴黎「蹲」了四十九年還沒有厭倦，可見巴黎還是有他放不下的，而我只在巴黎「住」了二十五年，因此沒有資格說巴黎是不是不適合久居，不過我跟古比耶不同，他是巴黎人，我是外國人，他愛巴黎以及憎惡巴黎都比我多，且也比我更深，我不能像他那般的替巴黎說三道四，我只能以我二十五年在巴黎的所見所聞，以我所知的浮光掠影，希望以幽默的方法揭開巴黎的一角，雖然，老實說，有些並不是很幽默的，且是苦的。

因此這本書裡沒有學術，也沒有大道理，有的只是淺斟低唱與「眞」——對了，許許多多的人，特別是名滿天下的騷人墨客，在寫巴黎的時候，總是忘掉了「眞」，因此許許多多紙上的巴黎，與眞正的巴黎相去甚遠。不過我還必須在這裡再加一句，巴黎人常說「巴黎是法國的，但巴黎不代表整個法國！」在這本書裡，我經常跳出巴黎這個圈子，這不是我離題太遠，而是若要捉摸巴黎人，必須先捉摸捉摸不定的法國人，巴黎人是無法自立在法國人之外的。

在寫作的方法上，我曾考慮了多種方式，散文？小說？雜文？報導文學？這些寫作方法我都考慮過，但最後選了雜文，因爲我認爲雜文最能包括巴黎人的複雜性格，而且也「有容乃大」，不致疏漏什麼重要的，但怎麼下手呢？我考慮來考慮去，最後把它分爲「酒」、「色」、「財」、「氣」、「漏網的祕密」，以及「其他」共六章，但我知道這不過是最籠統的分類罷了。在這六章中，前面四章都是巴黎人與法國人，「漏網的祕密」是一點可能是別人還不曉得的趣聞，原不擬列進去，但後來想想，此書已經夠雜了，再雜一點也無所謂，只有第六章「其他」寫得特別費力，因爲談的是巴黎的中國人，而且略有政治氣味，尤其是，咱們的「朝廷高層」可能不願聽到這種聲音，但我覺得這樣列進去似乎才比較完備。

複雜的巴黎人，絕不是只有酒色財氣，它的文化、傳統、歷史以及對未來的企盼，才是造就今天巴黎人的方法，但限於我不想太學術太學究的考慮，在這本書裡，我只做到淺出的程度，那麼就別責怪我太多吧。

現在請打開書吧！

目錄

序 3

第一章：酒

蒸餾之國．蒸餾之都 18
香檳酒也戰爭 26
酒是有生命的東西 30
酒有酒性 32
酒也瘋狂 35
數歐洲酒國英豪 38
萬森節 40
男女酒量有別 43
喝酒不如藏酒 45
沒人幹的工作 47
法國菜的召集令 49

米其林餐飲指南 51

第二章：色

情定巴黎 56
親愛的，我們到巴黎看星星好嗎？ 58
對象哪裡找？ 60
上空酒吧裡好談生意？ 61
戀愛說風是雨 64
愛情真是盲、忙、茫的東西？ 65
外遇？外遇！ 68
世界怎麼性？巴黎性什麼？ 71
世界最佳情人 73
世界最浪漫的事 75
法國男人為何是調情高手？ 78

法國人怎麼寫情書？ 79
法國人「愛」親吻 81
誰在巴黎街頭親吻？ 83
法國女人的理想丈夫 86
硬幣與做愛 89
巴黎的午夜牛郎 91
足球・性・世界杯 93
求愛到最高點 96
玫瑰也瘋狂 99
比基尼萬歲 101
光溜溜的才是正牌 103
親吻軼事 104
性騷擾面面觀 106
金錢與愛情 117
美的黃金定律 119

巴黎的咖啡文化 122
三教九流都自在 124
哲學加咖啡 127
櫥窗模特兒 129
誰最容忍裸體？ 131
巴黎沐浴史 133
巴黎人的捨得 136
公益接吻 138

第三章：財

巴黎人不談阿堵物 140
標準巴黎家庭 144
巴黎攬客術 147
活在自己的世界裡 151

法國豪門怎麼過活？ 154
法國新貴 159
富不過三代？ 162
出租羅浮，出租凡爾賽 164

第四章：氣

不吵不鬧不是巴黎人 168
想道歉的人真多 170
人生最後的幽默 172
巴黎祕書節 175
變質的民族大熔爐 177
吃出來的問題 180
與慾望拔河 182
通往絕境之橋？ 185

新歐遊指南 187
法文文化 190
九霄雲外 192
魚子醬喊少，老饕喊慘 194
法國麵包誰捧場 197
法國姓名大全 199
巴黎街道的名字 201
星座力拚生肖 204
法國萬萬稅 206
用幽默當武器 208
巴黎人不愛出浴 210
擦紅抹綠爭女權 212
什麼是寫實畫派？ 214
人不如獸 216
有淚不輕彈 217

第五章：漏網的祕密

法國的總統府——艾麗榭宮 220
什麼是藝術？ 223
巴黎讓人愛，也使人憎 225
變味的大道 229
大皇宮？大氣魄？大漏洞？ 232
無聲勝有聲？ 236
古蹟殺手 239
博物館也有大麻煩 241
「英法戰爭」 243
歐洲的活化石 246
打落水狗的文化 249
留住一個時代 252

第六章：其他

法國人的法語之戀 256
巴黎唐人街 269
中國城？ 273
法國的種族歧視 276

第一章 酒

蒸餾之國・蒸餾之都

古羅馬人有個驕傲，因爲他們說他們發明了酒，並把這個技術教給法蘭西人。此說是不是能當眞，應當另論，因爲古羅馬的歷史遠在埃及與中華文化之後，而埃及的古文獻以及中華文獻已經有酒的記載了。法國人對古羅馬人的感謝方法也怪，就是青出於藍。今天法國酒走遍天下而少有敵手，卻不能不說與古羅馬帝國有關。

今天，全法國間接直接參與釀酒的人，超過兩百萬，釀酒成爲法國重要的農工業，對法國的經濟影響很大。釀酒有一個重要的步驟，在釀酒過程中，是要蒸餾的，以法國產酒之盛，因此有人稱法國是「蒸餾之國」，順理成章的，巴黎當然就是蒸餾之國的「蒸餾之都」了。

不論香檳、紅葡萄酒、白葡萄酒、或者粉紅葡萄酒、或者其它其它的葡萄酒，在把葡萄汁變成瓊漿玉液葡萄酒前，都必須經過蒸餾這一關，而如何蒸餾，是一門精湛的專門藝術，因此巴黎本身

✿圓頂飯店内景。

雖不蒸餾任何酒，但因地靈人傑，也就當然的躍上蒸餾之都了，這也是巴黎被稱爲「蒸餾之都」的另一個原因。

法國人愛酒也釀造世界上最好的葡萄酒，但卻又把有關酒的一切都視爲藝術，這也應是法國人的一絕——是的，釀酒應是一種叫人「發瘋」的藝術，因爲釀酒的人爲生產最好的酒發瘋，而這種瓊漿玉液般的好酒，又使不釀酒的人也發瘋。

嚴格的說，法國有十幾個大酒區，它們各以生產有地方風味的酒著名，但概括的說，以其中四大酒區最爲人知，它們是波爾多紅酒（Bordeaux）與薄酒來紅酒（Beaujolais）、勃艮第白酒（Bourgogne），以及以生產香檳酒（Champagne）知名的香檳省酒區。紅葡萄酒是法國最重要的佐餐酒，在法國有「生命之水」之稱。

✿巴黎麗都夜總會。它的舞孃「沒有衣服」。

決定一瓶酒是不是好酒，條件很多，原料的好壞是首當其衝，沒有好葡萄就沒有好葡萄酒，可是若沒有好土地，沒有好氣候，又別想長出好葡萄，因此法國老饕們在選擇酒品前，都知道怎麼選擇產地。葡萄的產地決定了葡萄成長的優劣，也決定了下游產品的優劣與否，一般說來，在法國人

✿老手藝的老闆兼大廚。

心目中最佳的紅葡萄產地是Sauvignon、Syrah、Point Noir、Merlot等等。法國紅葡萄酒爲什麼這麼重視產地？因爲產地的土質是否是白堊石灰岩？是否含有豐富的鐵質？是否是石礫？以及陽光、陰、雨是否足夠並且恰好……一本專家寫的《葡萄酒大全》把土地的重要性寫得清楚無比，舉例而言：「早熟且性喜寒冷的黑皮諾品種葡萄，就不會種在炎熱的地中海地區。」

鑑定紅葡萄酒的品質，另一個重要的條件是年份，但這年份與一般人想像並不一定相同，一般的酒以愈陳愈好，可是對法國紅葡萄酒來說，年份只是參考，鑑定品質時不是一定依著年份的新舊，因爲這一年收穫的品質不佳，則這一年釀出來的葡萄酒，就不可能好到哪裡去，因此也別想賣出好價錢，就是年代較陳，也是一樣。

法國對葡萄的品質管制極嚴，一般說來，最好的品質是一年一熟的葡萄（法國早在百年前就發展出一年三熟的技術），每年在十月收穫，收穫前半個月，每天早晨有霧，其餘時間是大太陽，收穫前三星期，一定要有充足的日照。法國把各地區葡萄收穫前的氣象，逐日詳詳細細的編列在一本書上，類似字典，任何人一查就知道葡萄收穫的氣象好壞，釀酒人從而決定葡萄酒的價格，買酒人從而決定買不買，如果年代較陳，但那一年的葡萄品質不好，價格自然不及年代較短但品質較佳的好年頭的好葡萄酒了。

決定葡萄酒好壞的另一個條件，就是蒸餾。法國每個品牌的葡萄酒，都有自己的蒸餾法，這是這個葡萄酒釀造的祕密，對釀酒人來說，這個祕密是決定他的酒的生死之關，因此是絕對的祕密，釀酒人的傳統是，這個祕密向不外傳，甚至不傳直系以外的任何自己家族，因此圈外人很難一探究竟，但這種蒸餾過程的精密，應是不想也可知的。法國人常常把這種精密的蒸餾技術稱爲「蒸餾藝術」而不名。

薄酒來酒區以生產紅葡萄酒著名，它在法國以外的名聲很響，但在法國卻及不上波爾多的紅葡萄酒，這可能與波爾多紅葡萄酒不懂得怎麼替自己打知名度有關。

法國有兩大酒節，一個是七月十四日，也即法國國慶日，另一個是十一月十一日；十一月十一日即薄酒來節。

薄酒來節大約起源於十九世紀五〇年代，那時所有的酒農把新釀好的薄酒來大桶大桶的賣給合作社，合作社在拿到大桶大桶的酒後，立即爲它分裝成無數小瓶，並在這時同時大叫：「薄酒來新酒到！」

在第二次世界大戰前後，外國人知道薄酒來紅葡萄酒的人甚少，薄酒來酒商爲了替自己的酒打知名度，就在第二次世界大戰之

✿安琪娜飯店內景。

後，極積展開促銷，他們訂每年的十一月第三個星期的星期四爲薄酒來節，同時把自己屬下的酒商全體集合起來，並要求他們在各餐館貼出「薄酒來新酒上市了！」的廣告。沒料這一招奏了效，第一次舉辦時，光是那一個星期，賣出去的酒竟是以往一年的三分之一！

於是薄酒來的人更加一把勁，每年薄酒來新酒上市的第一天，薄酒來的酒商就大大宣傳一陣，現在薄酒來新酒上市的日子已恆定爲每年十一月的第三個星期四零時起，直到七天後的零時止，也就是現代人稱的「新薄酒來節」。

在這種宣傳下，薄酒來的酒想不著名也著名了，今日除了在法國引起騷動外，在美國、英國、德國、東歐、日本及台灣，也同樣騷動，目前全世界各國根據自己的時間，同步推出「薄酒來新酒上市」的宣傳，把薄酒來新酒炒得熱烘烘的。

薄酒來產地的酒農把薄酒來酒視爲一種年輕、快樂、性的象徵。當酒農在九月底十月初採收葡萄後，便在十一月初的聖馬丁日喝薄酒來新酒慶祝，以便大家在冬季來臨前快快樂樂的享受一年的輕鬆，他們口中的薄酒來新酒有如此的好

✿Gérard Besson的老闆兼大廚。

處：「馬上做，馬上喝，馬上排泄」。不過眞正造成薄酒來新酒旋風原因的，卻也正是薄酒來「馬上做，馬上喝，馬上排泄」的好處，因爲這正好吻合現代社會的步調，一切講求速度。

薄酒來新酒不是很高級的紅葡萄酒，但卻洋溢著新生的跳躍、輕淡、爽口、有刺激性，當然價格不很貴也是原因之一。

對不善飲酒的人來說，薄酒來新酒應是一種很好的入門酒，不過薄酒來新酒中也有一種很高貴的紅葡萄酒，因爲產量少，因此不論它的酒性與酒的價格，都是一般薄酒來酒不能比擬的。還有一點也很重要，在釀造薄酒來酒的技術上，想在全世界同步推出薄酒來新酒，並不容易，因爲從葡萄的採收、發酵、蒸餾、裝瓶、運輸，都有一定的時間，所以釀造時要把時間拿捏得很好，在裝瓶、運送上，也都要控制得恰好，這也是薄酒來新酒在全世界成功的另一個原因吧？

白葡萄酒的主要產地在勃艮第，釀造方法幾與紅葡萄酒相同，只是選用的葡萄品種不同。不要認爲紅葡萄才能釀造紅葡萄酒，也不要認爲白葡萄只能釀造白葡萄酒，這是錯誤的觀念，因爲決定葡萄酒顏色的，不是葡萄，而是葡萄皮，因此紅葡萄也可以釀造白葡萄酒，白葡萄當然也可釀造紅葡萄酒，這只要先去除葡萄皮就成了，近些年來法國新釀造出一種粉紅葡萄酒，就是一半紅葡萄酒加一半白葡萄酒，也即釀造時只用了一半紅葡萄皮素。

香檳酒向來有「酒中的王者，王者的酒」之稱。

香檳酒的發明，歷史較短，但知名度較高，在十八世紀以前，法國人釀酒，不論是什麼酒，都用單一種葡萄，因爲他們相信這樣才能釀出好酒，直到十八世紀末，一個修道院的修士，摻合了多種葡萄，並在釀造過程中加入了糖，這才製造出淡金色略帶泡沫的香檳酒。不過香檳酒在最初的時候，並沒有受到重視，但因一些商旅把它帶向四方，這才略有知名度，後來進入皇宮，成爲王者的酒，這才聲名大響，不過眞正爲香檳酒奠基的，還是拿破崙皇帝。拿破崙皇帝親臨香檳酒產區，在試過香檳酒的風味後，把它稱爲「酒中的王者」，「酒中的王者，王者的酒」，這句話就這麼傳遍天下了。

釀造香檳酒需要較高的蒸餾藝術，再加上所用的葡萄有很嚴的限制，這使它的品質普遍的較其它的酒爲高，因此它的價格也較其它的酒普遍略高，在產量有限下，一般人視爲高價酒，其實香檳酒的品牌有數百種，價格有貴有賤，有時有天地之別，一個普通人還是可以天天喝的，不過巴黎另有一種「氣泡酒」，它的包裝幾乎與香檳酒一模一樣，但瓶上少了「香檳」（Champagne）這個字，注意，它不是香檳酒！

一般來說，法國人喝酒有許多不成文法，從選杯、斟酒、舉杯、什麼酒配什麼菜，一直到把酒喝下肚，都是學問。法國人評論一個人有沒有教養，餐桌禮貌是其一，斟酒飲酒又是其一，法國人從不像中國人那般的猜拳，然後強迫對方喝酒，有人說法國人唯一沒有瘋狂的時候，就是面對著酒。

在這些不成文的飲酒法中，有些是一不經意就「違規」的，例如紅葡萄酒與白葡萄酒都是餐酒，在不進餐的時候是不宜飲的，因此這兩種酒獨飲的機會都微乎其微，不過還是可以獨飲。白蘭地是烈酒，平常可以空口獨飲或數人共飲，如果是在進餐時，通常是在全餐快畢，伴著乳酪一起下口，或空口，或是獨飲，或在雞尾酒會上，或是任何慶祝上。香檳酒有「快樂」的寓意，也有「慶祝」的寓意，因此通常都是與朋友或親人一起飲的，特別是在有快樂事需要慶祝的時候，如情人節、結婚、生日、國慶、家慶、勝利……在法國所有的酒類中，只有香檳酒是不限任何時間場合都可飲用的，但因有「快樂」的寓意，快樂是要與人分享的，因此也不適於獨飲。

這裡有一個有關新台灣人的趣談，當香檳酒初次進入台灣市場時，新台灣人覺得法國香檳〇．七五立方公升的瓶子太大了，一人飲之不完，可又無法把那酒瓶塞子再塞回去，因此認爲是一種浪費，所以新台灣人的進口商要求法國香檳酒商提供一人份〇．二五立方公升的小瓶香檳酒，法國人不禁問：「什麼，香檳酒也有獨飲的嗎？」看，這就是新台灣人不知道香檳酒的不成文法！

✿巴黎人認為嘴巴是用來吃飯的，因此飯店林立，這是亞樂市場上的「豬」飯店。

香檳酒也戰爭

我們都知道，歐洲曾在一八六四年通過一條法令，法國是全世界香檳酒的唯一產地，它專用的「香檳」（Champagne）這個字，也一同受到保護。這條保護香檳酒不受侵犯的法律，一直到今天，在法國、在歐洲、在全世界，都還繼續有效，因此現代人不提香檳酒則罷，一提就知道，香檳酒一定是法國產品，否則就是仿冒品了，這也就表示，這是違法的酒，而法國人為了保護他們既有的專權，也發瘋似的努力，百餘年來，他們把「香檳」這個招牌字擦得亮亮的，大凡酒瓶上出現這個字，就是好酒，就可以賣較高的價錢，也就可以輕易掏光酒蟲的口袋。

香檳酒為什麼會有這麼大的魅力？不明白香檳酒歷史的人，很難想像一八六四年的香檳法令是一個妄想再加自大的瘋人的作品，因為他誓言要把香檳酒釀造成為「世界唯一」的酒，這在當時的環境裡是不可能的。但這個瘋人的頭腦並不瘋，他訂立了許多細膩的規定，來保護香檳區所釀造的香檳酒，如果別人做不到他所要求的嚴格規定，但他做到了，那麼這不是表示他就是香檳區裡唯一的香檳酒了嗎？果然別人都「細膩」不起來，因此別人不得不承認他的酒是香檳區裡唯一的香檳酒。

後來香檳區裡的釀酒人覺得他的規則很好，自己也照著辦，因此形成一股風氣，後來他們索興把這規則擴大，並使別的區域裡的釀酒人承認他們專屬的地位，後來並得到國際承認，這才確立了香檳酒專區。

今天，就是在香檳酒區，有些釀酒人所生產的冒泡的酒，只能稱爲「氣泡酒」，而不能稱爲香檳酒，因爲這些「氣泡酒」釀造的某一個環節，不符某些「細膩」的規定，所以香檳酒不是亂生產的。香檳酒只是一種淡黃顏色並有微香的泡沫酒，因此仿造並不很難，但基於以上的原因，很難相信，在法國也不是任誰都可以生產，它受地區、氣候、產量、釀造者等「細膩」的規則所限，因此別人把泡沫酒釀造得再好，都不能用「香檳」這個字，香檳酒是酒，也是傳統，更是榮譽。

✿國餐飯店的吧台。

但，香檳酒別人眞的不能釀造嗎？這，世界上的瘋人就是那麼多，明知「香檳」這個字是有專用性，卻偏向它挑戰，這一次挑戰的人也叫香檳——瑞士香檳鎮！

在瑞士的大地圖上，有一個很難找到的小鎮「香檳」，它只有七百居民，它雖小，可不畏懼法國「香檳」巨大的世界聲名，因爲這個鎮在公元八五五年就已經存在了，它的歷史比法國「香檳」還早一千年，因此它理直氣壯的把它所產的泡沫酒也標上「香檳」！

好戰的法國人，以前曾對瑞士打過乳酪戰爭，因爲前一陣時候，瑞士不知從哪裡聽來的，傳說法國的乳酪有毒，於是拒絕進口法國乳酪，瑞士這麼做是保護國人建康，但瑞士的決定，顯然傷了法國人的感情，於是法國也不示弱，立刻禁止向瑞士輸出高級葡萄酒。瑞士是個觀光大國，全世界的富人更是喜歡瑞士，如果法國不向瑞士輸出好葡萄酒，那麼全世界的富人與瑞士的富人必須到法國才有好酒喝，那麼瑞士就留不住富有的觀光客與富有的瑞士人了。

這一個乳酪戰爭，似是雙輸局面，因爲法國乳酪少了瑞士這個客戶，酪農受損，瑞士的觀光事業少了法國葡萄酒，觀光事業一落千丈，現在瑞士又來向法國香檳酒挑戰，於是巴黎人發動整個歐洲同盟向瑞士宣戰，瑞士這個可憐的永久中立國就孤掌難鳴了。

香檳酒的全球市場，約爲二億七千萬瓶，向來沒有人敢向香檳挑戰，所以瑞士的談判代表很快

✿藍火車飯店金碧輝煌的「金廳」。

的就被召到歐洲同盟所設的布魯塞爾總部，瑞士的談判代表也很快的帶回了談判的結果，但結果是悲觀的，因爲按照古老的法律，瑞士無權在自己的泡沫酒上標上「香檳」。瑞士代表不禁憤憤的說：「怎麼？要我們把『香檳』這個字擦掉？那麼是不是也把我們自八五五年就存在的鎮名也擦掉？」

瑞士香檳鎮所產的「香檳」，據它的主人說：「是一種『很安靜』的酒。」但它現在一點也不「安靜」了，瑞士永久中立國的地位是不是動搖，就看這一戰了。聽，此時此刻，巴黎人與瑞士人都沸騰了，巴黎人爲維護他們「香檳」的專用權，瑞士人爲維護他們「香檳鎮」的鎮名，他們都瘋了，他們對待戴安娜也沒有用這麼大力氣啊！

註：英國戴安娜王妃在巴黎期間，曾遭一百二十八個狗仔隊記者窮追猛逐，戴妃爲逃避狗仔隊，車行過速，因此撞橋香消玉殞。戴妃死後，法國爲她降半旗誌哀，出殯之日，更是萬人送行，一時總統、國王、瑪麗蓮夢露、麥克傑克森統統失了顏色！

酒是有生命的東西

酒是有「生命」的東西？如果你問十個巴黎人，十個巴黎人都是那麼回答，那麼巴黎人是不是瘋了？

是的，巴黎人瘋的有道理！巴黎人認爲，葡萄酒是有生命的東西，因爲葡萄酒有性格、有脾氣，因此在巴黎人的心裡，如何喝酒、如何面對酒，與如何保存酒，都有藝術。葡萄酒的「脾氣」千變萬化，一時很難說得清楚，但保存葡萄酒「生命」的最好方法，就是在打開它後，儘快把它喝下肚。如果一時喝不完，那很糟糕，此時就只好留下半瓶，再用原來的木塞子塞回去，最後再把酒瓶斜斜的倒放，如此視酒的不同，「或可」把「生命」延長一天到兩個星期。但在實際上，這個方法不一定行得通，因爲在開瓶時，木塞子已被開瓶器弄壞了，因此不是塞不回去，就是塞回去還有很多空隙，葡萄

✿Gérard Besson的蘆筍汁魚塊。

✿藍火車飯店的桔燜牛柳。

酒的香醇，很快的就從這空隙飛逸了。

爲了使這些瘋狂的巴黎人「保存生命」，坊間有一種眞空式的瓶塞，似可取代，但眞空式的瓶塞有一大缺點，當它塞上酒瓶後，它會把酒瓶中的空氣抽光，葡萄酒缺少了空氣，那麼「生命」怎麼「呼吸」？因此時間一久，葡萄酒中的某些神祕的香味、質感、性，也就不見了，再開瓶時，雖然酒還是酒，但「靈魂」已飛逸了，因此就算是用眞空瓶塞，也並不十分可靠，最佳最佳的辦法，還是儘快放入肚子這個天然的保護瓶裡最爲安全。巴黎人絕沒有騙人，「保存」葡萄酒「生命」的最佳辦法就是肚皮！

酒有酒性

酒是什麼東西？酒是「生命之水」？還是「瘋人之水」？這個問題似乎每個人的見解不同，因此答案也可能殊異，但不管怎樣，我們所知道的酒，都有酒性，如烈酒、溫和的酒；也有味感，如酸、甜、苦、辣、生、澀。但在品酒師的口裡，酒性與味感遠比我們所知道的多的多，如什麼是「羞怯」、「靜嫺」、「微旭」、「婉約」……？這些虛無飄渺的形容詞，用在評斷酒性上，似乎更虛無飄渺了。你知道義大利酒與法國酒有什麼不同嗎？在品酒師的眼睛裡，義大利酒是「一身輕裝簡服的俠客」，而法國酒是「穿西裝打領帶的紳士」。因爲酒性的差異這麼大，自己力有未逮時，當然需要品酒師這一行業了。

品酒師是什麼行業？它應該是三百六十行外的一行，但他的重要性無與倫比，任何新酒在上市前，都必經過他的「嘴」，他一語一字的評斷，都影響著這個新酒的命運、價格，以及是否暢銷。他的「鐵嘴」，有一言興邦之能，也或者能迫使老闆跳樓自殺。品酒師的工作就是品嚐酒的酒性、眞僞、優劣，從而決定「釀造的藝術」是不是高明，或者使「釀造的藝術」達到更理想的境界，以便釀出更好的酒；也或者，找出眞正的好酒，並把劣酒打入地獄。但幹品酒師很不容易，除了自己的天才外，還要進入專門學校接受專門訓練，品酒師雖亦有無師自通的，但大部分都出自專門學府，而學費是相當昂貴的。

一個好的品酒師，在嚐了一口酒後，能很正確的說出酒的品牌、年份、工廠，甚至是某一塊葡萄田生產的原料。這裡有一個有關品酒師很膾炙人口的故事，只是「信不信由你」。

一個巴黎人故意刁難一個品酒師，因爲這個巴黎人不相信這個品酒師可以很正確的說出每種酒的品牌、年份、工廠等，因此與一個品酒師打賭，以二十瓶酒爲限。

這個巴黎人把二十瓶不同的酒，在去掉標籤後，每種酒各斟一杯，任由品酒師去嚐，並由品酒師說出每種酒的品牌、年份、產地、工廠。品酒師在嚐了十九種酒之後，都一一說出正確的答案，當大家正驚異品酒師的驚人能力時，品酒師卻對第二十種酒一試再試之後，怎麼也說不出答案。最後，品酒師不得不承認他對第二十種酒失敗了，但是品酒師在承認失敗之餘，他加了一句話，他說：「如果有誰把酒釀造成這個樣子，我敢保證，這種酒必定沒有銷路！」——原來這第二十種酒，不是酒，是水！品酒師似乎又說對了，試想想，如果把酒釀造成水，誰還願爲它發瘋？但一個品酒師能遍嚐十九種酒而無一錯誤，卻不知水的味道，也不能不叫人莞爾。

不但法國的酒有酒性，就連釀酒人也有酒性。第二次世界大戰前，法國葡萄發生蚜蟲病災，這

✿La Truffe餐廳，專賣素食。

使葡萄收成大減，因此酒的產量也跟著銳減，特別是好酒，因爲好葡萄盡毀，更是如此，此時如果釀酒人提高酒價應是合情合理的，但釀酒人不爲所動，依然以通常的酒價供應各種酒，絕不囤積居奇。第二次世界大戰後，法國全國經濟蕭條，一般人無力購買葡萄酒，好酒更是賣不出去，這時釀酒人的好酒壞酒都堆積如山，好酒更是無人問津，此時各個釀酒人都苦口苦面，有些專釀好酒的人面對這種困境，幾乎已到了破產邊緣，因此有些人建議這些專釀好酒的人，爲求生存，不如暫時放下身段，改生產劣酒算了，但這些專釀好葡萄酒的人不爲所動，可是爲了生存，寧願以好酒當劣酒的價錢賣，在品質上絕不打折扣……法國酒所以著名，它的這些酒脾氣也是原因之一，假如法國酒沒有這些人的酒脾氣，法國酒可能也淪爲普通酒了。

有人說法國人是一群瘋人，由釀酒這回事、釀酒人，以及遍佈法國各地的酒蟲來看，確是有點瘋。

酒也瘋狂

酒能使人瘋狂，但酒本身不會瘋狂，這是每一個酒蟲都知道的，不過法國人比較有本事，他們偶爾也會叫酒瘋狂瘋狂，那時人瘋酒瘋，彼此大樂。

酒怎麼瘋狂？別忙，在某些民族節來到時，就可領教到酒怎麼瘋狂了。

法國有六千萬人口，除法語外，還有波東語（Botan）語、普羅旺斯（Provence）語，後兩種都是地方語言，但若論法國文化源頭就多了，絕不是這麼幾種，而是好幾百種。如果注意，就會久不久的，在媒體上看到某某地方正在慶祝什麼節，特別是每年的七月或八月之時。這些地方節慶之多，大概近千個，因此嚴格說來，法國人天天有節，天天在過節，而這每一個節，都可能是一個文化源頭。

巴黎集法國文化之精粹，這些地方小節慶，有時自是也分一份，因此巴黎總在過節之中。除此之外，巴黎還會與各地方，有志一同的共創一些別人沒有的節，一來陶醉自己，再來瘋狂一下，於是天下大樂焉。

巴黎啤酒協會在一九九四年發起「啤酒節」，這個節就是巴黎新創出來的節，因為一來有觀光價值，再來也有商業利益，因此很轟動，一時響應的地方就有圖爾（Tour）、里爾（Lille）、魯拜（Roubaix）、圖爾抗（Tourcoing）、斯特拉斯堡（Strasbourg）、里昂（Lyon）、維勒爾邦（Villeurbanne）、馬貢（Macon）……等三十幾個法國城市響應。啤酒協會的目的是使法國啤酒吧重新煥發青春活力，並使啤酒吧的形象在顧客中增加吸引力。啤酒協會的作法是，聯合所有的啤酒館、咖啡館（在巴黎，新台灣人常常把啤酒館誤當咖啡館，其實兩者分別很大，但都有啤酒與咖啡，除非「咖啡沙龍」才純賣咖啡，但咖啡沙龍甚少），大家一起上街舞蹈！

巴黎的咖啡館誕生於十七世紀，全盛於十九世紀，二十世紀因受兩次世界大戰影響，曾經一度受挫，但已成為全法國各城市、各街、各社區的活動中心了，咖啡館裡不僅是咖啡與啤酒，更是一般大的公共社交場所，在十九世紀末期到二十世紀初葉，更漸漸成為約會與文學討論的天地，因此它的重要性可見一斑。這個情形正如巴黎啤酒協會主席施密特說的：「請試想一下，假如巴黎失去了咖啡館，那怕僅是一分鐘，將是什麼情形？咖啡館作為一種聚會所，比任何事更有社會意義，它的重要性已不需解釋了。」但是，相對的，自第二次世界大戰之後，由於社會的進步加速，而咖啡館卻保持老樣，因此咖啡館常常給人一種老化的感覺，顯然它已跟不上時代的腳步了，那麼受影響的就不只是啤酒館、咖啡館了。在這一段時間裡，咖啡館與啤酒館不斷減少，直到今日，巴黎人似乎還沒有重燃往年的熱情。

巴黎啤酒協會有感於此，因此認爲有重燃往年熱情的必要，所以在市政府、各商會以及SACEM音樂協會的支持下，正式誕生了第一個啤酒節，啤酒協會訂啤酒節爲每年的九月二十四日至二十六日，一共三天，揭幕式並由巴黎市市長大人敲鎚，所以是時也，全巴黎兩萬五千家啤酒館、咖啡館中的兩千五百家，還有它們的八千侍者，都穿起黑與白色的工作大禮服，一手持茶盤、咖啡杯，另一手持啤酒，就這樣在通衢大街上起舞起來了；是時也，只見人狂舞、酒狂飛、咖啡與雲層齊高，是人人瘋狂的時候，也是咖啡瘋狂的時候，更也是啤酒瘋狂的時候，觀衆跟著這些瘋狂的人、瘋狂的音樂、瘋狂的啤酒與咖啡，焉能不瘋？所以也瘋了。

瘋、瘋、瘋、瘋！巴黎已是瘋人過瘋節，巴黎已是瘋人城！

數歐洲酒國英豪

根據一九九九年西班牙酒品協會的統計，在歐洲國家中，德國人以喝啤酒著名，法國人以喝紅酒著名，波蘭人則以喝烈酒著名，這三個國家是歐洲酒國醉君子中的三傑。

先說啤酒。德國人每年每人平均喝掉一百四十二・七公升啤酒，捷克人以一百三十五公升居次，丹麥人以一百二十九・五公升排名第三。這可能與德國及捷克都是啤酒生產大國有關，但丹麥不產好啤酒，不知道它爲什麼擠上第三。

再說紅酒。法國人以每年每人平均喝六十六・八公升拔得頭籌，葡萄牙人以六十二公升居次，盧森堡人以六十・三公升排上第三。當

✿香榭麗舍大道上的麗都夜總會。

✿Gérard Besson的石紋鵝肝。

然，法國是世界上最大的紅酒生產大國，法國人喝紅酒最多並不叫人意外，意外的倒是盧森堡，它幾乎不產什麼紅酒。

三說烈酒。波蘭人以每年每人平均喝四・五公升力拔第一，匈牙利人以三・四公升力得第二，賽普勒斯以三・三公升擠上第三。看來歐洲列強國家都不是烈酒的崇拜者，歐洲除了這三個國家外，沒有一個國家每年每人平均的消耗量超過二・七公升。

自稱沒有酒三餐就不能下飯的法蘭西人與西班牙人，其實他們的酒量都很淺，在歐洲國家中，他們每年每人平均喝掉的酒，只能算中量而已——因爲他們說，他們每年生產的好酒，都拿出去賺外匯了！台灣人對他們的說詞應該不覺得奇怪，因爲台灣的法國好酒，比法國還多！

萬森節

在巴黎人看來，酒不但能叫人瘋狂，酒本身也是瘋狂的東西。每年每年，只要萬森節（St. Vincent）一到，最少有十萬巴黎人，追逐著酒香而去，結果是人瘋酒瘋，全是瘋人瘋事一大堆。

自中世紀以來，法國白葡萄酒最大的產地勃艮第就有萬森節。萬森節的主要活動，除了盛大的彌撒外，還有萬人大遊行，但最最主要的節目是，所有勃艮第生產白葡萄酒與紅葡萄酒的七十個酒鄉，統統打開自己的酒窖，叫遠來的客人免費喝個飽。喝酒不要錢的事，只有法國人肯幹！

萬森節每年都在勃艮第不同的地方舉行，因爲這是勃艮第所有的七十個尊奉蒞聖萬森鄉鎮的共同光榮，因此是輪流舉行的，而每個鄉鎮爲了突出自己，誰都不能後人，所以每年的萬森節只有愈來愈熱鬧，也就是說，免費來喝酒的人愈來愈多。一九九九年的萬森節是在勃艮第的Rully小鎮舉行，Rully小鎮已準備送出兩百噸的白葡萄酒了，二〇〇〇年就在Loire小鎮舉行，依此類推，人人有份，聽說Loire已準備了兩百五十噸白葡萄酒以待。

從中古世紀到現在，社會變化很大，法國人並不如英國人那般戀舊，因此萬森節的儀式或多或少的也有改變，而這些變化，尤以近三年來最爲顯著。近三年來，勃艮第的釀酒者爲了萬森節，專門釀出一種只供萬森節一日所飲的「萬森酒」，也只供萬森節來賓們品嚐，這種專爲萬森節釀造的萬森酒，在其它日子裡是見不到，在市場上也不可能找到，它的生命只有「一日」。

這種「萬森節酒」，共有七種，各是白葡萄酒三種、紅葡萄酒三種，再加一種與香檳酒同樣釀造但不是香檳的「白色氣泡酒」，這種勃艮第特產「白色氣泡酒」，爲Rully鎮的特產。

遊客參加萬森節的方法很簡單，只需每人花一點點錢，買一個寫有萬森節及年份的紀念酒杯，就可以拿著這隻酒杯隨心所欲的到各酒窖去品嚐萬森酒，想品嚐多少就有多少，直到整個肚皮都變成酒囊，最後還可以把酒杯帶回家做紀念品。

往年每一次的萬森節，勃艮第各酒窖都要準備三萬瓶以上的白葡萄酒，才能塡滿來賓的肚皮，近年來因爲巴黎趕來的人愈來愈多，這個數字只好加倍了。一九九八年的萬森節，在波納河谷的馬朗口小鎭舉行時，這個一共只有一千六百五十一人的小鎭，一下子來了三十萬人，六萬瓶酒怎麼夠？所以從一九九九年起，萬森節所送出去的白葡萄酒，不再以瓶計，而以噸計，一噸約等於萬瓶。

對於輪値萬森節的小鎭來說，當然是一件大事，他們早就美化街道，豎立各種街道藝術品，有些小鎭甚至把自己劃分爲好幾個區，如從公元元年一直到公元二〇〇〇年，各有各的區，而且每個

✿圓頂飯店的楊梅甜點。

區上演那個時代的音樂節目，因此萬森節並不是只有酒，還有文化與藝術表演！

其實說穿了，萬森節只不過是一種宣傳的噱頭，主要的目的是爲打響勃艮第白葡萄酒的知名度，因此如何吸引近在一百多公里外的巴黎人是很重要的，對巴黎人來說，萬森節既有免費的酒喝，還有文化表演，再加上勃艮第風景很不錯，爲什麼不做一次既有免費酒又可賞風景的觀光旅行呢？因此爲萬森節瘋狂的巴黎人很多很多，巴黎市政府爲了遊客的方便，同時也爲了減少沿路的塞車之苦，與法國鐵路公司安排了免費專車，如此就省了自己駕車塞車之苦了，也可來去一文不花，巴黎眞是人瘋了，酒也瘋了，連帶的，火車也瘋了！

✿巴黎市政府前，藝人正在表演中世紀的風笛藝術。

男女酒量有別

巴黎人有研究癖，什麼事都可以拿到實驗室裡去研究研究。法國以酒立國，當然也以喝酒爲能，巴黎不論男女，人人都以灌黃湯爲榮、爲驕、爲傲。據未證實的統計，巴黎一地每日所喝掉的酒，是一千兩百噸，這麼多的酒，足足可供一百個游泳池用。那麼像喝酒這等大事，巴黎人怎能不把它「捉」進實驗室裡？

巴黎酒精中毒治療中心就曾把喝酒這件事研究了兩年，現在終於有了答案，但結果卻很出人意外。過去的研究報告指出，如果只是適度飲酒，是有益身體健康的，因爲酒能減低心臟病的罹患率，並能延緩骨質疏鬆，所謂「適度」，是一天一杯，而且從不間斷。但巴黎酒精中毒治療中心的研究報告卻說，女性多半要等到停經以後才需要擔心心臟病的問題，而骨質疏鬆的機率，在停經前是不會增加的，所以飲不飲酒對年輕女性不是很重要的事。相反的，酒精中毒中心卻發現，同樣的一杯酒，女性吸收酒精的濃度卻大於男人，因此女性天生的不能像男性一樣的開懷豪飲。

除了生理機能方面的影響外，酒精也爲女性帶來了其它的麻煩，因爲巴黎酒精中毒治療中心的另一調查，清清楚楚的指出校園中的強暴事件，有百分之九十都肇源於酒精中毒——有時是加害者喝多了酒，有時是被加害者多喝了酒，也有的是雙方都多喝了酒。

此外，如果是已懷孕的女性，多喝了酒，有可能使胎兒造成先天性的缺陷，特別是心智方面的障礙……酒精中毒治療中心說：「對女性而言，一天兩杯酒，等於男性在一天內喝了四杯酒，在飲酒方面，男女是不平等的。」

但是同一個報告也說：「一百個游泳池的酒，有六十五個是被女性『喝』掉的！」看來眞正的酒鬼不是男人，而是女人！看來巴黎女性爲酒瘋了！

喝酒不如藏酒

巴黎人愛酒如命，但酒很難叫巴黎人頭暈，因爲他們知道藏酒更重要過嚐酒。巴黎許多著名餐館都有自己專屬的酒窖，這些酒窖有些藏有數百年未啓用的酒，當年也許不覺得收藏這些酒怎麼樣，如今這些酒都已價值非凡，如果仔細計算，是一筆很大的財產。許多巴黎大戶人家也有自己的酒窖，隨手把酒放進去，十幾年或百年之後，這些酒也已是天價。很難相信，巴黎人認爲藏酒是「流動資產」，是可以投資的！

的確，這種投資就像投資股票一樣，是有利可圖的，只要藏對了酒，有時比股票還可靠，也有鉅利，但老饕們也知道，不是什麼酒都適宜投資，因此一些瘋瘋癲癲的巴黎人，合編了一本定期雜誌《美酒觀察》（*Wine Spectator*），以法國二十八種酒做「指標」，經過長年追蹤，發現自一九九四年以來，到一九九九年止，酒市中好酒的拍賣價格，已上漲了百分之四十，幾乎是道瓊工業平均值的兩倍。一九九〇年，一箱波爾多馬干紅酒共十二瓶，賣價四百二十美元，可是在一九九九年，這同一箱酒的價値是三千五百美元，而且有錢還不一定可以買到貨，這只不過十年光景呀。

✿藍火車飯店的魚塊麵絲。

換一個角度來看，擁抱佳釀也比擁抱股票來的安全得多，也浪漫得多。

巴黎人有一個不願人點明的「祕密」，當女兒出生時，做父母的就買幾箱好酒藏在酒窖裡，到了女兒十八歲，已成年了，也亭亭玉立了，青年少年的小伙子就藉故登門了，做父母的這時就知道，地窖中的酒差不多也到了要取出來的時候了——因爲這幾箱好酒，此時身價當然也不凡了，足夠做女兒的結婚費用了！如果巴黎人問：「你家的紅酒熟了嗎？」千萬別誤會，他不是問你的酒，他的意思是：「你家女兒何時出嫁？」

巴黎人一定瘋了！他們家的底下，藏的竟是酒——女兒的嫁妝！

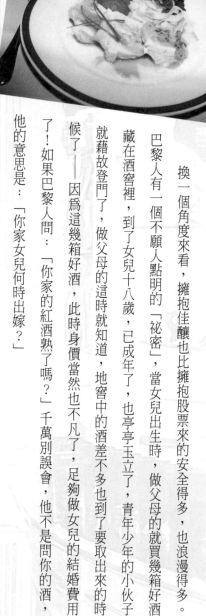

沒人幹的工作

最近一陣，巴黎報紙上出現這樣一則事求人的廣告：「工作穩定、環境幽雅、待遇高、心靈祥和，還可免費無限制的飲用全世界最佳名牌啤酒，不過必須誓言終身禁慾。」

這樣的工作有沒有人問津？答案是：沒有！

巴黎近郊有一個修道院附設的啤酒廠，建於一八六二年，自建廠以來，一直遵循古法釀造啤酒，近年爲適合經濟生產條件，改以新式電腦系統釀造古式啤酒，每年生產的啤酒除小部分留爲修道院自用外，其餘的全部推上市場。由於修道院所生產的啤酒品質精純，酒性溫潤，很受市場歡迎，因此在法國頗有知名度，據說就連中國大陸也是它的市場。

但是這個啤酒廠，往年一直沒有困難，可是現在有問題了，

✿Angelina之美麗女侍及各式點心。

因爲後繼無人！

問題出在沒有人再願意在這個啤酒廠工作了。

爲什麼以前有人爭著做這份工作，現在卻沒有人願意工作呢？原來問題出在「必須誓言終身禁慾」這一句話上。以往的年代，法國人視禁慾是一種光榮，可是今天不是了，今天法國人的觀念是：寧失業，也不禁慾！因此這個啤酒廠就找不到工人了！

這個修道院啤酒廠要求釀造啤酒者的品德，幾乎是一個世紀前的翻版，因此現年六十六歲的湯瑪士神父心焦如焚，這種人現在到哪裡找？「修道院啤酒廠既可以用新式電腦生產古式啤酒，那麼修道院爲什麼不能用現代人現代觀念生產古式啤酒呢？」巴黎人問。

修道院的答覆非常簡單扼要：「你瘋了嗎？如果我的啤酒跟他的一樣，那麼我的啤酒還有什麼魅力呢？」

法國菜的召集令

好酒就一定要配好菜，中國人如此，法國人也不例外，因此法國人在好酒外，菜也同樣講究的很。法國人常常說：「法國菜是除了中國菜以外世界最好的！」其實在法國人的心裡，法國菜才是世界第一，因此別把他給中國菜的高帽子當眞的高帽子，只是在法國享受法國好菜，有時候難上加難。任何人要想享受一頓法國好菜，必得有兩個條件：一是得有足夠的時間，因爲要享受一頓法國眞正正餐，常常需要兩三個小時，有時就是四個小時也可能，沒有時間的莫來；再來，也是最重要的，必得阮囊飽滿，因爲法國名饌絕不是廉價品。

阮囊飽滿，自不待言，但爲什麼要兩三個小時莫辦呢？因爲法國名饌一如他們的名酒一樣，是有名饌的脾氣的。一道正餐從最初的餐前酒開始，開胃酒（通常是香檳）、冷盤、餐前點心、第一道熱盤、第二道熱盤、餐後點心、乳酪……林林總總，共有七、八道，每道間隔約二十分鐘，不妨算算這要多少時間？這還不包括飲紅葡萄酒、白葡萄酒、餐後酒、喝水、咖啡等的時間；那麼法國名饌能不能快吃？哦，就像吃漢堡一樣，大口大口的咬？呀，最好千萬別動這個腦筋，因爲法國大師傳會毫不留情的說：「法國名饌也有快吃的嗎？」不妨告訴你一個眞實的「趣譚」，一個台灣電視大導演，在巴黎，爲了趕上日照出外景，他就要求法國大師傅「把所有的東西一起端上來」，結果就挨了大師傅的那句話。台灣大導演不但挨了大師傅的白眼，眼望秋水的名饌還是不快快的送上來。

近些年來，巴黎社會的步調快了，一般人都是利用有限的時間草草的填飽肚子，因此很多人沒有時間「吃飯」了，再加上法國經濟已連續多年不景氣，以往一個巴黎人爲了肚子的享受，肯花一個星期的收入，大飽一餐，今天的法國人已沒有這種浪漫的情懷了，因此享受名饌的風氣也漸漸式微了，也因此，法國名饌也少了問津的人，這卻又使得名餐館的生意一落千丈。

法國名餐館有鑑於此，因此發出了召集令，揭起了「美食節」。這一個「美食節」由巴黎廚師帽協會在一九九七年發起，訂爲每年的五月三十日。巴黎廚師帽協會除了發揚法國餐的傳統精華外，另一個目的是喚起饕客對地方菜的注意，因爲有些地方的地方菜已漸漸的被漢堡、牛排取代了。法國名廚們認爲，工業生產食品的結果，使大家忘了食物原來的美味，消費者更以假亂眞，以爲工業生產的食物與原來的食物是一樣的，因此這些法國名廚說：「至少給消費者一個清楚選擇的機會。」

水土不同，滋養出不同的產品，這是當然的，再加上大師傅不同，烹飪結果當然有很大差異，巴黎廚師帽協會成立的目的就是保護食物口味的多元。巴黎廚師帽協會沒有瘋，他們不想把他們弄出來的食物變成全世界都是一樣的，就如麥當勞的漢堡，走遍全世界，口味都是一樣的。

米其林餐飲指南

《米其林餐飲指南》（*Michelin*）是一本二十四開本厚如字典紅封面的書，從封面看，不起眼，但它卻是法國餐飲業的權威評鑑，它幾乎手握法國餐飲業的生殺大權。

法國有很多有關餐飲指南的書，能每年銷售到二十萬本的，已是很不錯了，可是只有《米其林餐飲指南》這本書能年銷四十萬本。因此多年以來，《米其林餐飲指南》儼然就是餐飲業的權威，它的一言之讚，就能使一個原本沒沒無名的餐館，在一夕之間身登龍門，它的一言之貶，就可能引起一個餐館的死亡，甚或一條人命。法國人之瘋，有如此的！

法國第一本《米其林指南》，在一九〇〇年出版。米其林公司是法國以生產汽車輪胎知名的公司，米其林輪胎公司出版《米其林指南》，原是協助汽車駕駛人在旅途上尋找旅館、餐館、加油站，或是當地醫生之用的，所以是免費贈送給汽車駕駛人的，沒料到它今日會成爲餐館業的權威評鑑。

《米其林指南》對全法國大約四千家餐館作評鑑，其中當然有大餐館在內，但也有些看來沒沒無名頗「不足道」的小餐館，因爲《米其林指南》的目標之一，就是找出餐飲業的「明日之星」，所以

✿大使飯店咖啡廳。

只要眞的能端出好菜，餐館的大小、餐館所在的地區，並不在米其林考慮之列，所以有時有些在荒山野嶺上的餐館，也列名在內。

《米其林指南》把餐館分作三級，給予一到三顆星的評價標準，以三顆星爲最高級。一顆星的意思是：「菜色不錯，值得造訪」；兩顆星的意思是：「烹飪一流，值得繞道造訪」；三顆星的意思是：「烹飪手法獨到，值得特地繞道造訪」。

《米其林指南》爲了做到它的理想，共有三十到六十五名工作人員，年齡從三十五歲到六十五歲。究竟是多少人，這是米其林從不對外宣佈的「機密」，他們中的十五人，是更高級一點的「檢查員」。他們唯一的任務就是終年在法國各地吃與喝，找出這些餐館的優點或缺點，然後決定給不給星，或者給幾顆星。他們都是鐵面無私的人，他們的評價絕不留情，但他們也絕不過譽。

他們如何評價一個餐館的好壞？除了根據盤中的色、香、味外，環境、氣氛、裝潢、清潔、衛生、服務與舒適度，林林總總共有五十二個項目，都在評分內。他們的作法，分祕密與不祕密兩種，祕密的，他們先選好目標，然後就派人去了，因此有些餐館已被《米其林指南》評鑑的吃過了，但在米其林未宣佈前，他們自己還不知道；另一種是不祕密的，他們在選好目標後，正式通知他們，他們明說某月某日某時，我來了，此時餐館爲爭取好評價，自是渾身解數的拿出看家本領；但《米其林指南》知道，這兩種方法都有缺點，因此他們交錯使用，所以他們有時先祕密造訪，然後再公開造訪，也有些時候，先公開造訪，再祕密造訪，而且每次造訪都不是同一批人，更有的時候，這些祕密造訪不止一次，而是多次，據《米其林指南》自己宣佈，有一家餐館，在決定給予多少星的評價時，頗難於決定，於是調查員前後公開的與祕密的共造訪了十七次。

「謹愼」是《米其林指南》的守則。米其林對餐館的升級或降級，一定經過數度祕密造訪，或至少一次公開造訪，而所有的調查員，絕大多數都經過餐飲訓練，有些甚至根本就是美食專家，而所有的結果，都是經過會議共同決定，而且爲了維持它的嚴格標準，每年選出三顆星的新餐館，在全法國，絕不超出二十家，有時僅有十家，如一九九九年所宣佈的，只有十二家，但每年卻不是只有這麼少的餐館被摘掉星或摘掉一顆星。

因爲米其林做得太鐵面無私，有時今年被《米其林指南》看上了，給了一顆星、兩顆星，或最高的三顆星，但明年又被《米其林指南》拋棄了，結果少了一顆星或沒有星。多了一顆星當然値得高興，可是少了一顆星就很悲慘，有人就是因此想不開，而走上了絕路，如一九六六年，名廚克勞岱（Cloude）所經營的餐館，從兩顆星掉到沒有星，結果他跳樓自殺了；一九八七年，巴黎名餐館「美心」（Maxim's）由三顆星掉到兩顆星，氣得這個餐館的老闆皮爾卡登（Pierre Cardin，也即名牌時裝皮爾卡登的老闆）幾乎向《米其林指南》宣戰：「你乾脆把我的餐館從你的評鑑上除名好了！」美心餐館之所以敢向《米其林指南》挑戰，因爲它有恃無恐，每年一度的「世界老饕聚餐」，年年都

✿圓頂飯店的「血拚」甜點。

選在他的餐館裡。

法國人對這本評鑑有讚有貶，讚的是它的公正，因爲它不接受任何一方的資助，也不接受廣告，它派赴各餐館的人員，也都是自掏腰包，不接受任何招待，這使它的立場超然，但貶的是，「它給星給得那麼小器，法國餐在世界上的名氣都被它『刷』掉了！」還有一點也很重要，《米其林指南》自以爲他們的調查員做得很祕密、很公正，其實不一定，因爲它的調查員只有那麼多，祕密或公開來來去去的都是那幾個，餐館老闆又不是傻瓜，一眼就能從他們的面孔、風度、舉止、教養、口味……等等細微末節之處看個十之八九了，因此有些地方可能是餐館故意做給他們看的，這導致評鑑失眞；在這之外，還有一個問題，有人懷疑《米其林指南》上的星起星落，是《米其林指南》故意放出的煙火，因爲每當一個很有口碑的名餐館，它的「星」忽然掉了一顆，或是掉到一無所有，這就會在餐飲界引起地震，也會在媒體上占巨大版面，這是《米其林指南》故意凸顯自己的權威性，也是一種「銷售自己」的手段。

但不管是什麼原因，《米其林指南》仍是一本值得參考的書。以往的《米其林指南》很忽視法國以外所有的菜，近些年來，因爲外國菜在巴黎紛紛崛起，現今不得不重視這一個局面了，因此在一九九九年，中國餐館中的「紫辰宮酒宴」飯店得到了《米其林指南》一顆星的獎勵，這是中國餐館唯一上榜的紀錄。

第二章

色

情定巴黎

最近一陣，不知怎的，全世界的旅遊界在推出浪漫之旅、古蹟之旅、歷史之旅……等等等等的「之旅」之外，大概江郎才盡，再也想不出逗人花錢的花招了，因此幾乎同時推出「電影之旅」。什麼是「電影之旅」？說穿了，就是拿幾個曾經非常轟動的舊電影，然後帶著觀光客去看這些電影拍攝的地點，回憶回憶當年這個非常轟動的電影中的這一幕。

巴黎是所有電影最上鏡頭的地方，因此不知道有多少電影是以巴黎做背景，人是懷舊的動物，因此不是旅行社瘋了，倒像是懷舊的人瘋了，因此旅行社帶隊似的把觀光客一團團一團團的帶來巴黎，巴黎原已人擠人，現在更把巴黎擠成瘋人院。

還記得一九六六年美國好萊塢《情定巴黎》（*Fall in Paris*）嗎？平克勞士倍與珍娜娜之戀，把巴黎描寫成世界上最浪漫的愛情城市，當女主角一腳踏入五星級的「喬治五世飯店」（George V）時，目睹男朋友與他的新歡相擁於自上而下的透明電梯中，那種痛苦狀，記憶應是猶新，今日的老先生老太太們不禁勾起往日為她嚎啕大灑同情之淚的少年情懷，似乎昔日的年輕之淚並未乾涸，因此追著影片而來，豈不也是人生一美？

目前喬治五世飯店仍在那裡，而且經過一九九八年的重新裝修，比電影所見更加豪華了，當年電影中男友與新歡自下降的透明電梯中所見到的富麗殿堂，現在除了更加明麗外，也還仍在，這些「致命的、賺人眼淚的」地方，一生不去一次，豈不是對不起自己曾經「年輕」？

巴黎喬治五世飯店建於十八世紀，開業於十九世紀，內部的裝潢是十九世紀的，飯店裡用來裝潢用的古董，也多是十九世紀的，它是名人如麗莎明妮莉、麥克傑克森、伊利莎白泰勒……的最愛，但是這些都不重要，重要的是你是否曾經年輕過？你是否曾經有過同情之淚？以及你是否曾有浪漫的夢？……這些這些，也難怪巴黎被那麼多「老少年」、「老少女」，以及愛情的同情的眼淚聚集成河了……但奇的是，沒有一個人憎恨巴黎，這些人的眼淚愈多，巴黎似乎愈美！

巴黎的愛情瘋了，旅行社瘋了，觀光客瘋了，巴黎也只好瘋了！

親愛的，我們到巴黎看星星好嗎？

不管哪一個國家的有情人，在經濟能力許可下，如果可以選擇度蜜月的地方，巴黎總是首選，其餘依次是威尼斯、紐約、倫敦、羅馬、布拉格……這是英國《泰晤士報》一九九九年所做的情人蜜月民調。

巴黎所以高踞第一，因爲在生活的便利、旅遊趣味、藝術豐富、選擇多、古蹟、歷史、文化等，都非其它城市所能比擬，也更是數百年以來，文人騷客長久所傳達的美麗、浪漫的形象所以使然，這使人一想到人生最美麗最甜蜜的時光，自是就浮現巴黎的倩影了。

巴黎香榭麗舍大道上的咖啡香、灑著金粉的舞鞋、潺潺的噴泉、流著月光的塞納河……這些這些，都能與蜜月情緒結合，因此巴黎得到首選，並不意外，因爲倫敦給人的感覺比較冷峻，羅馬有點殘破，布拉格有點「舊」，東京太匆忙，而紐約，你不能不承認它有點亂。

✿愛瑪橋上的「自由之火」原不是觀光點，但自英國王妃殞命在橋下之後，這個自由之火就變成她的「墓碑」了，世界各國人士在火炬上寫下他們的悼念。

✿香榭麗舍大道是海灘嗎？

在巴黎度蜜月有一個好處，情人們不需要怎麼刻意去尋找浪漫，參觀羅浮博物館如何？摸摸羅丹與卡蜜兒的雕像怎樣？還是在塞納河遊艇上共享法國大餐？或者手心相連，在拉丁區的小吃店、書店、畫坊中流連？就算是最沒有創意的玩法，逛香榭麗舍大道，在露天咖啡屋裡消磨時光，也會因蜜月的感覺而覺得巴黎特別可愛。還記得領導波蘭工運最後推翻共產政權並做到波蘭總統的華勒沙嗎？有一次他在巴黎告訴巴黎人說：「我與我夫人剛結識的第三天，我就帶她來巴黎了，我現在還記得那段我們在巴黎的美好時光！」這短短的幾句話，不但把巴黎的風流浪漫盡在言中托出，且也把巴黎人的心熨得平平的。

也許巴黎的可愛就在這裡，當你在蜜月時，你最能看清它，也最不能看清它，因爲巴黎爲你瘋了，而你也爲巴黎瘋了。

對象哪裡找？

巴黎《女性》（*Elle*）雜誌曾以五百名單身男性與女性爲對象進行調查，請他或她說出他或她尋找未婚異性伴侶最理想的場所，結果「咖啡店」高居第一。不過這裡必須說明，巴黎人所說的「咖啡店」，並非只有咖啡，它還有酒以及簡單的盤食，也即客飯，在中國人看來，這些「咖啡店」也許更像小餐館。

其它依序是：夜校、戶外公共場所（公園、海濱……）、音樂會（音樂會或交響樂中間的休息時間）、雜貨店、喜酒場合、工作地點、書店、公民活動中心（政見發表會、慈善基金、公益活動、聽演講）……。

但調查結果發表後，有人說：「發瘋了，我才不到這些地方找對象！」可是發表的第二天，巴黎大大小小的咖啡店，座上幾乎全都爆滿！

上空酒吧裡好談生意？

巴黎有三多：咖啡館多、餐館多、女人多！但在這三多外，還有不甚爲人注意的一多，它是上空舞小夜總會！

在巴黎，如果有人把「食色性也」聯想在一起，應該不是什麼太錯，每天每天，每當華燈初上萬頭鑽動之時，巴黎這個商業城，不知有多少人正瘋狂的享受著「食色性也」的歡樂，也不知有多少生意合約是在這火辣辣的華燈下完成。上空酒吧也兼商業辦公室！

因爲從來沒有人調查過這種商業行爲，因此從來也沒有人確知有多少生意是在火辣辣的上空舞孃的精彩表演中談成的，但是巴黎最近一項最新的調查，指向這個方向，這個調查指出，幾乎有一半的男性推銷員承認，他們經常在上空酒吧裡招待他尊貴的顧客，因此使他的顧客受到「致命的壓力」，從而得到合約。

這次的調查是一本向來很嚴肅的商業周刊《銷售與促銷管理》所進行的，在這篇調查報告中，非常少見的附上了火辣辣的文字與照片——推銷員與他的顧客們，一邊看上空舞，一邊加強彼此的關係。照片上的鏡頭，不用說，既火熱，又搶眼。

這篇調查的可信度，可由參與調查的人數之多做判斷。這篇調查共對一千兩百個男女推銷員做出祕密問卷，得到一千零九份有效回卷，成功率高達百分之八十以上，其中百分之四十九的男推銷員承認他們曾帶顧客上上空酒吧，百分之五的女推銷員也承認她們曾如此做。

那麼，是誰提議要上上空酒吧呢？這個調查發現，在每十個案例中，有七件是顧客要求的，其它三件才是推銷員主動。但在推銷員的主動中，其中百分之十三的案例，並不是推銷員自己主動的，而是推銷員的上級要求推銷員這麼做。由調查可知，如果推銷員不遵照顧客的要求在上空酒吧裡談生意，那麼這個生意也就別做了。

巴黎最著名的兩個小夜總會，一個是「中間摺頁」，另一個是「股票與美女」。公司高級職員以及西裝革履的紳士們，眼睛圓凸凸注視著火辣辣的上空舞孃，心裡面卻是冰冰冷冷的，因爲他們的頭腦裡正老奸巨猾的盤算著每一分一毫的出價，最後他們把在這裡的消費記在公司支出的公關項目裡。

接受調查的推銷員中約有一半說，公司不准他們帶他們的顧客到X級的娛樂場所，但也有百分之二的推銷員說，他們的公司實際上是鼓勵他們帶顧客到上空酒吧，其餘的在可有可無之間，有趣

✿拉丁區是巴黎的文化區，這裡最多的是書香與學子。注意這些在噴泉下或坐或站的人，他們大都是學生。謝謝這些學生，如果沒有他們，巴黎就沒有拉丁區。

✿紅磨坊不必多介紹了，因為它的艷名早為世界知曉。它的老闆沒錢給它的舞孃們買衣服，因此它雖有兩百個以上的舞孃，卻沒有一個人的舞衣是齊全的。

的是，推銷員中——男性占百分之四十，女性占百分之五十七——到上空酒吧去推銷，使男推銷員比女推銷員獲得不公平的優勢，尤其是在應付男顧客時。因此女推銷員不時會有抱怨。

但不是每個女推銷員都抱怨，有許多女推銷員認爲，足球、高爾夫球、演唱會、劇院……等等地方都能達到目的，法國各級法院平等就業委員會到現在還沒有接到男女推銷員不公平就業申訴的案例，相反的，法院還一再重申，如果推銷員的雇主強迫推銷員進入上空酒吧，那是違法的……但是推銷員說的是眞理呢？還是法院說的是眞理？每年巴黎有兩千萬人次的推銷員，在高級的上空酒吧裡「投資」了十億美元，可見推銷員對上空酒吧的專注！難道這是巴黎瘋了嗎？或者還是上空酒吧是瘋人院？

戀愛說風是雨

戀愛是什麼「東西」？爲什麼有人認識才三天，就迫不及待的跑去結婚？爲什麼有人愛情長跑永遠不輟，但還沒有跑到目的地？爲什麼有人同居了七年八年，還猶豫著要不要結婚？甚至有人東尋西尋，還沒有對象？

巴黎人對這個問題，起碼有幾千萬個不同的答案，星象啦、性格啦、教育啦、經濟啦、興趣啦、社會地位啦……等，都是「窒命」的原因，但巴黎人最信服的，還是阿拉伯人的這句：「愛情像跳蚤，我們不知道它向那個方向跳！」

愛情眞是盲、忙、茫的東西？

「七年之癢」是一句美國的諺語，因爲美國人認爲結婚的第七年，是考驗婚姻是否成熟的時候，也是婚姻危機的代名詞，但對追求愛情更多更激烈的巴黎人來說，婚姻的低潮，也就是婚姻出現危機的時間，應是結婚的第三年到第五年。

根據巴黎婚姻諮詢熱線的統計，戀愛時間的長短，對婚姻的影響有絕對的關連，那些一見鍾情的婚姻，常常也是速戰速決的激情式婚姻，是很有詩意的，是很浪漫的，但多是不幸福的短命婚姻。

通常來說，戀愛時間在三年以上的，常常是很少麻煩婚姻諮詢熱線的婚姻。巴黎婚姻諮詢熱線解釋這個原因：戀愛時，有情人所看到的對方，大多偏向浮面性，因此與實際婚姻生活有很大的差距，在一見鍾情下，根本沒有看清對方的面孔，就被浪漫的情緒淹沒了，就是已看出對方的缺點，自己也能克制，但是克制是有限度的，因此在忍了三到五年，就發作了，就不能忍了，所以巴黎人的「癢」，大約在三到五年就發作了，不用等到美國人的七年。

✿巴黎滿街都是藝術品，這個小小的街角公園裡全是雕塑作品，可惜雕塑太多，人卻變成萬綠叢中一點紅了。

憧憬破滅是造成巴黎人婚姻功虧一簣的主要原因，主要是童話式的愛情太迷人，但在現實柴米油鹽生活下，理想就褪色了，於是三年之癢出現。一九九八年十月號法國雜誌*Self*刊出一篇〈適度的嫉妒〉，指出林林總總巴黎人的嫉妒，其中以愛情的嫉妒最多也最嚴重，因爲愛情的嫉妒幾乎都與自尊有關，因爲自尊的失去，才是婚姻的殺手，倒不一定是第三者。

這本雜誌簡介心理學家對愛情的嫉妒的分析，「嫉妒是一種自我保護，也代表一種強烈的依賴」，但如果從另一面看，「愛情的嫉妒也代表彼此的關係基礎的根深蒂固，是一種關心」；畢竟，沒有人願過一種沒有人關心的生活，因此愛情的嫉妒也可以解釋爲「溫和的、理性的」：「我在乎！」、「我很在乎你的一切！」

巴黎心理學家相信，一般而言，嫉妒混合著兩種強烈的情緒：一是害怕被拒，二是捍衛自己的地盤，只是愛情

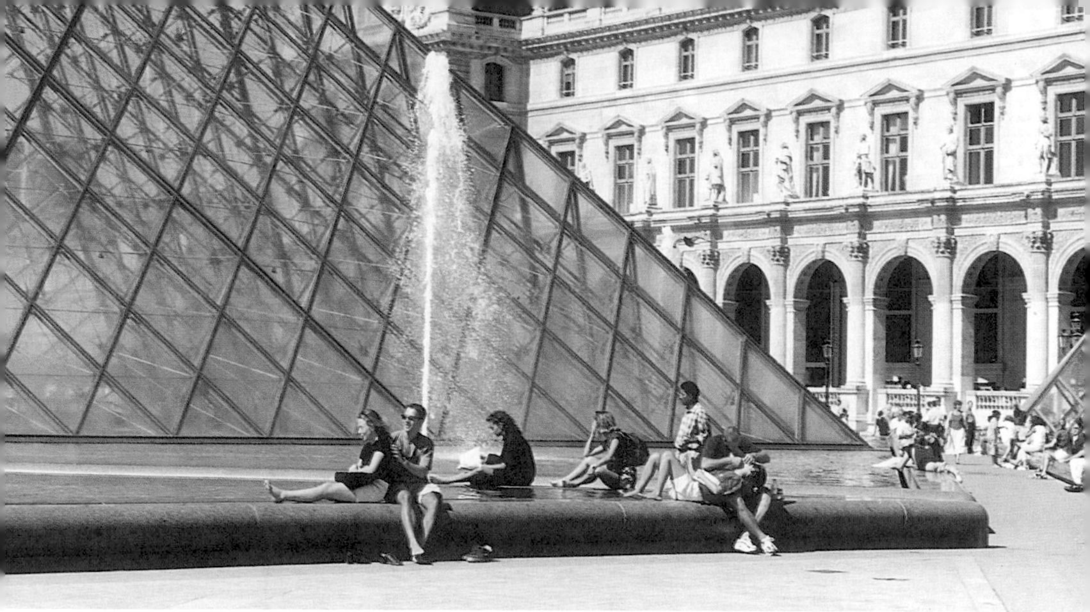

的嫉妒還要再加上自尊，因此反應比任何嫉妒更強烈，莎士比亞筆下的奧賽羅，先勒死自己所愛的人，然後再自盡，就是出自這樣的心理。但巴黎的這些心理學家相信，有三種人不會有愛情的嫉妒，其中兩種人是某些印度人以及某些巴西的原始土著，因爲他們實施集體交配制，所以談不上有沒有愛情，第三種人是所謂三角關係中的「第三者」，若這第三者比自己貌美或比自己更有成就，那就更等於火上加油了。

嫉妒是一把鋒利的劍，「我在乎」要適度，否則過了頭，既傷了別人，也傷了自己。儘管巴黎人已把美國人的七年之癢改寫成三年之癢，但巴黎人還沒有瘋到盲、忙、茫的程度。巴黎人仍在用他們傳統的筆法寫他們不太通順的篇章。

✿在羅浮博物館貝聿銘玻璃金字塔下曬太陽，是什麼滋味？

外遇？外遇！

翻開報紙，曾是全世界最被人羨慕的一對璧人——英國查理王子與戴安娜——都雙雙承認他們有外遇，這樣見血的自白，眞叫全世界吃驚，如今主角之一的戴安娜，已香消玉殞，不管這一對璧人的婚姻誰對誰錯，都叫人懷念，對香消玉殞的戴妃，那就更叫人思念了，如今「人民王妃」戴安娜香消之地的巴黎愛瑪橋（Pont de l'Alma），已成了巴黎新增的景點，每日鮮花與弔唁的人潮不斷。

法國人比較開放，有時玩玩性遊戲，不是什麼罪孽深重的大事，法國許多政治家的背後，都有紅顏故事，巴黎專跑政治新聞的記者，對這些大人物的艷史如數家珍，但少有人替他爆出來，因爲就算爆出來，社會大衆並不會跟著起鬨，那又爆出來幹什麼呢？譬如法國前總統密特朗，在他執政晚年，且也病入膏肓之際，有一個新聞記者終於忍耐不住的把他已有婚外情、婚外子女的消息刊佈出來，結果得到毀譽的不是總統，反是這個記者。法國人普遍認爲，政治家的婚外情不干國事，那麼管它做啥？

法國人對婚外情的看法也普遍的反映在一些生活態度上，如法國人每年夏季必有一個月有薪假期，此時人人把出外度假列爲第一，但心情放輕鬆的度假去了，也把性放輕鬆了，因此夫妻兩人分頭去找自己的性目標，法國人也把這一個假期稱爲「性假期」。

歐洲人的婚外情究竟嚴重到什麼程度？一九九八年時，英國、義大利與法國都曾分別做過調查。根據英國的調查，英國男人有外遇的，約爲百分之三十四，女人約爲百分之二十四；根據義大利的調查，男人有外遇的約爲百分之六十六，女人有外遇的約爲百分之三十三；根據法國的調查，男人有外遇的約爲百分之五十一，男人「相信」男人中有外遇的，約爲百分之八十，女人有外遇的，約爲百分之三十五，女人「相信」女人中有外遇的，約爲百分之四十五，不過經過查證，法國男人與女人有外遇的，實際上只有百分之二十。天，就算是只有百分之二十，也是叫人吃驚的數字！

不過，這些調查，只不過是「浮出檯面」的一小部分而已，倒是法國的調查中有一項：「經常的有外遇」的，它的答案竟是百分之十五，這才是更叫人吃驚的事情，因爲「經常有外遇」，這是不是非常可怕？

外遇與愛滋病一樣，是非常難消滅的，現在看來一定是二十一世紀首先要討論的東西，但什麼是「外遇」？在界說上就很難下定義，所謂巴黎的「外遇專家」曾提出幾個問題，其中有些是頗饒意義的：

——外遇是幸福婚姻的殺手嗎？

——外遇是洩慾的一種方法嗎？

——外遇是罪惡的事嗎？

——外遇撐住了不幸福的婚姻嗎？

這個研究，最後當然不了了之了，因爲世界上有火箭專家，他們的火箭愈來愈精準，卻沒有一個外遇專家，能使世界上的外遇愈來愈少，但他們提出了一個叫人不得不注意的問題：「假如你的另外一半有外遇，你怎麼辦？」

「一哭二鬧三上吊」？「下堂求去」？「告入法院」？「捉姦在床」？法國人選的答案倒也叫人吃驚：「由它去！」

✿吐麗公園裡曬太陽的人多還是雕像多？

世界怎麼性？巴黎性什麼？

「在第一次世界大戰前，性調查已經有之，但這種調查，不論在歐洲或是美國，都認爲是『瘋人的事』。」這是法國性學家在他的著作中的第一句話。可是在第二次世界大戰之後，世人的觀念改變了，美國自一九四八年起，動不動就做有關性的學術調查，因此性調查已不稀奇，但在一九九八年二月《花花公子》（*Play Boy*）雜誌對全世界所做的性調查，卻極爲罕見，因其中有些調查極有趣味，試摘其中一、二。

這個調查總共向全世界包括台灣等十一個開發國家或開發中國家的讀者發出一萬份問卷，收回的約有六千份，算是「成績燦然」。這個調查總共有六十二道問題要回答，包括如何做愛、何處做愛、與何人做愛，以及對愛滋病的看法等，但女讀者的回答《花花公子》沒有公佈，《花花公子》的理由是：女讀者的回答因受「國情的不同」，差異甚鉅。

調查報告是「血淋淋的」，如報告說：百分之十七的荷蘭男讀者沒有口交的經驗；百分之四十八的捷克男讀者偷過腥；巴西男讀者最常「走馬章台」；日本男讀者最愛穿「小夜衣」；荷蘭男讀者最喜歡施巧手，引導伴侶共登仙境。

在這個調查報告中，百分之三十二的波蘭男讀者自承「天天自慰」，得第二名的是希臘男讀者，只有百分之十六，第三名才是美國，僅百分之十五。百分之六十六的美國男讀者喜歡女性爲他口交，百分之二十六的美國男讀者每週至少「品玉」一次，百分之二十四的美國男讀者至少接受一次「吹簫」，而且百分之五十七的美國男讀者承認他們的性伴侶超過十一人……這些項目，美國男讀者都拔世界第一。考末名的是波蘭男讀者，因爲他們「去年」只有一個性伴侶！

報告指出，台灣男讀者有百分之二十七自承，他們在第一次約會時，就想「衝鋒陷陣」，但卻有百分之五十七的男讀者承認，他們只有一個性伴侶。這兩個紀錄也是「世界第一」——台灣總算也有「世界第一」。

風流倜儻的巴黎男讀者如何？這份調查報告說：「在受訪的巴黎男讀者中，超過三分之一的人表示，他們每週要做愛四次、五次，其中五分之一並表示無日無之！」

看，巴黎人做愛也瘋狂了！但可惜這個調查報告在法國人的自白後加了一句：「除非是超人，才能做到這個成績！」

世界最佳情人

法國人喜歡性調查的勁兒，絕不輸他國人，但調查的方向不盡相同。

法國最大也是世界最大的保險套公司Durex，曾委託調查公司對全世界十五個國家、一萬名十六歲以上有性能力的人展開調查，它的報告也很有趣。

全世界百分之三十八的男性表示，在性交中，他們首先考慮的是對方的快樂，而女性有同樣想法的，卻只有百分之二十九；最不自私的是加拿大男性（百分之五十一），其次是法國男性（百分之四十五）。

初吃禁果，年齡有愈來愈提早之現象：美國男性平均在十六歲兩個月，英國男性爲十六歲七個月，巴西男性爲十六歲九個月，法國男性爲十七歲，西班牙男性爲十八歲兩個月，香港男性爲十八歲九個月。

做愛頻率：美國人每年平均做愛一百三十五次，俄羅斯人、法國人平均一百二十八次，居榜尾的是西班牙人與泰國人，每人每年平均六十四次。全世界性生活平均頻率爲每星期二點一次，相當

✿花神咖啡店是拉丁區最著名的咖啡店之一，也是作家、藝文家、畫家的最愛。但今天慕名而來的全是觀光客，藝文人反而不來了。

於一年一百零九次。

百分之五十六的女性表示自己隨身備有保險套，而保險套不離身的男性高達百分之七十，但只有百分之十八的女性表示戴保險套的目的是爲避孕。

最後票決的最佳情人是巴黎男性（百分之五十一），次佳義大利男性（百分之四十四），再次美國男性（百分之三十七）。

巴黎男性看見這個報告，馬上樂瘋了，當天香檳就比平常多銷出百分之十！

世界最浪漫的事

全世界似乎有一個普遍的印象，認爲法國人是世界最浪漫的情人，其中尤以法國女性更加浪漫，但是根據各種不同的調查，似乎可以否定這個印象，法國人不但不是世界最浪漫的情人，甚且連排在前幾名都沒有資格，法國女性更是比想像的糟糕數倍。

美國《哈潑》雜誌曾在一九九八年六月對全球女性做調查，此一調查照例在次年二月情人節前發表，這些調查僅針對全球六千兩百名女性：

什麼季節最浪漫，也是最好的作愛季節？答案幾乎是全球相同的，只除了少數幾個國家：春天！澳洲例外，因爲澳洲冬天溫和如

✿在拉丁區小吃店的巷子裡尋找舌尖的美感。

春，百分之二十六的澳洲女性認爲冬天是最浪漫的季節；百分之十八的加拿大女性也覺得就是在冰天雪地中也浪漫的起來，不過她們還是喜歡夏天划船到湖泊僻靜的一角「做最愛做的事」。

但再分下去，就很不相同了，法國又遠落到倒數第二名。

女性每天做愛最少一次？答案是很叫人意外的：最高的是匈牙利，占百分之三十三；加拿大次佳，占百分之十；再依序向下，各是捷克、希臘、波蘭、澳洲、荷蘭、美國、義大利、日本；法國在哪裡？還好，僅與俄羅斯相當，還好，還能排在倒數第二名上，最差的是阿根廷，只有百分之四。

培養做愛的情調？答案也是全世界幾乎相同的，情人相偕出遊，最富浪漫情調，也最能培養做愛情調，不過只有土耳其女性不那麼認爲，百分之二十九的土耳其女性認爲只要關掉電視機就有同樣效果了；倒是百分之十三的阿根廷女性認爲，她們因「頭痛」，害她們沒有多少時間浪漫。

全世界的男性怎麼開始與女性性親熱呢？百分之四十七的男性認爲從沙發上親吻開始，最妙也最有情調，百分之十九的男性認爲隨著情歌起舞時最妙，百分之十五的男性認爲從腳底按摩開始，百分之十二的男性認爲共享一份甜點。

那麼女性怎麼說？女性對在沙發上接吻開始挑情並不以爲然，只有百分之十八的女性歡迎，這是所有性親熱方法中最低的，女性認爲最佳的方法是隨情歌起舞，最富情調，有這想法的女性約占百分之三十，次佳的是腳底按摩，約占百分之二十五，認爲分享一份甜點也比在沙發上接吻好的女性占百分之二十一。

法國盛產香水，許多法國女性以爲擦拭香水也可產生情挑作用，但這是大錯特錯的想法，根據調查，如果全身擦了太多的香水，只有反效果，因爲太多的香水會把男性嚇跑。

這個調查宣佈後，法國媒體大嘩：「調查報告瘋了！」巴黎人也大嘩：「這是『瘋人報告！』」因爲在這個報告中，巴黎人已不再是世界最佳的情人了！

法國男人爲何是調情高手？

儘管有人說法國情人並不怎麼高竿，但還是有人視法國男性是調情高手。一九九九年八月以色列*Haaretz*報紙的調查就這樣說。

這個報紙的調查是如此寫的：「法國男人素有敏感、浪漫及擅長給人快樂的名聲，法國男人可透過電影或文學，把他們的這種形象提升到神話般的高度，但是這並不意味這種形象是錯誤的。」

這家報紙似是也有點諷刺地問：「總加起來，法國男人有如下的名聲：有司湯達（法國著名大衆情人）的浪漫、有拿破崙的征服慾、有亞蘭德倫的冷峻、有德巴狄厄（法國著名男影星）那樣的愛情專家。那麼，法國男人是如何得到這些名聲的？」

這個問題提出後，答覆這個問題的人，都是一時的名人，如特拉維夫大學人類學家卡岡（**Kagan**）教授就說：「法國情郎的優勢是，他們只在自己的地盤上比高低，他們也得益於法國文化與聲望。」以色列電影史專家恩加爾（**Ungar**）說：「法國情郎的戰場，就是感情。」但這位大師又說：「法國男人是一個大情郎，因爲法國女人是一個大情人。」

法國人怎麼寫情書？

在短小輕薄的時代裡，如果還寫情書，似乎太落伍了，今天是手提電話、傳眞、電子郵件、網路的時代，但是如果還能寫一手好情書，還是無往而不利。

別看情書人人會寫，世界各國人也都有一套寫情書的祕訣，但全世界寫情書寫得最好的還是法國人——這是一個俄羅斯著名的女記者替天下男人下的評語，因爲她曾很「切身」的與世界各國人大談戀愛。

這個俄羅斯女記者說：「俄羅斯男人是全世界最浪漫的傻蛋，他們一首詩一首詩的向妳傾訴衷腸，不過永遠到此爲止。」「匈牙利人和波蘭人可能會用傳眞機傳達愛意，但愛意傳到另一端時，愛意跟傳眞機一樣，都冷了。」「至於英國人，他們的心也許是火熱的，但外表卻是冷淡的，因此缺少悸動的心。不過英國男人大多是害羞的，他們會隔著一張紙，對妳訴說他的愛

✿香榭麗舍大道是「吃東西」的大道。

情。」「英國男人總是在有所求的時候，才會浪漫起來，因爲英國女人幾乎是不設防的。」「在西班牙，這個宗教力量很強的國家，男人必須用浪漫來哄騙她們。」「義大利男人的情書裡幾乎全是恭維話。」「德國人的情書很有浪漫可觀，他叫我領教到什麼是『華格納』的眞精神。」但她在提到法國男人的情書的時候，特別的說：「法國男人的情書中全是叫人悸動的華麗詞藻，熱情洋溢，不投降也難！」

那麼法國人怎麼寫情書呢？且看拿破崙寫給約瑟芬的情書：「憂傷折磨著我的靈魂，我渴望著妳的愛，我的心無法平靜，在妳的雙唇間，盡是把我消融在烈火裡的愛，妳的吻令我血脈賁張……」拿破崙的這種威力，如果他的戰場不是權力，而把它轉移到情場上，不怕全世界女性不投降！

法國人「愛」親吻

曾有一度，外國人認爲巴黎人不再是浪漫國家了，一九九九年六月，法國*Biba*雜誌刊載了一篇民意調查，結果證明法國還是一個浪漫的國家，而巴黎依然是浪漫的城市，因爲這個民意調查主要的對象是巴黎地區年滿十八歲以上的人，主題是對接吻的態度，共有一千零四位成功的接受了調查，它的結果是：

百分之六十一的巴黎人認爲，不相愛就不接吻；百分之三十三的巴黎人認爲，在海灘上接吻氣氛最佳；百分之二十二的巴黎人認爲，在公園的長椅上接吻氣氛最佳；百分之十二的人認爲，在黑暗的電影院裡接吻最佳；對百分之五十四的二十歲年輕人來說，在電梯裡接吻最佳；對較年長的人來說，百分之十三的人寧願選擇廚房，也有百分之六的人選擇洗澡間。

不過也有人拒絕親吻，因爲害怕對方口臭。女人拒絕親吻的人占百分之四十七，男人拒絕親吻的人占百分之三十四；但拒絕親吻的次一個原因，是害怕「對不起朋友」，這倒要叫人深思了：「什麼是『對不起朋友？』」難道這個親吻不能見陽光嗎？愛情評論員這麼寫道：「眞糟糕，愛情還怕

『對不起朋友』，那是什麼愛情？」

但是像下面這個例子，應該是接吻中最不佳的「傑作」：一個漂亮的巴黎女郎，在結識男人後，就帶一瓶酒到他的家，她假意要跟他上床，不過她預先在酒裡摻了鎮定劑，她把有鎮定劑的酒含在口中，然後與他親吻，乘她親吻他時，把酒「送入」他的口中，等他昏迷後，她就席捲他的財物。

✿裸體是一種美，看它潔白潤滑的肌膚，B.B.、M.M.、瑪丹娜之類是否相形見絀？這是十九世紀的作品，現存吐麗公園。

誰在巴黎街頭親吻？

巴黎人對接吻很慷慨，朋友在見面時、分別時，都要先接吻，這是一般的社交禮數，不願也不得不如此，不過如果仔細看，實際上不是接吻，只是吻頰。

巴黎人把接吻分爲三種：親情的吻、社交的吻、愛情的吻，這三種吻各不相同，因此不能混爲一談。親情的吻，如母親吻嬰兒、兒童吻父母，這種吻來自親情，自是溫馨無比的，但沒有什麼好大書特書的；社交的吻，因是交際禮貌的一種，不願吻也得吻，因此這種吻味同嚼蠟，也沒有什麼好說的；那麼就剩下愛情的吻了。

歷數十個世紀以來，全世界的騷人墨客、電影導演、知名明星……等，已不知譜出了多少動人的愛情之吻，但是最動人的愛情之吻，並不是出自他們，在全世界的人心裡，反仍是那個野心勃勃、無所不在、窮兵好戰的法國皇帝拿破崙演出的。且看拿破崙寫給

✿誰在當街做瑪丹娜式的演出？別忙，這是情色博物館的巨型廣告。巴黎人認為情色不是色情，因此這個博物館就是最主張「非禮勿視」的孔老夫子也可以進入。

約瑟芬的名句：「妳的吻使我血脈賁張！」、「妳的吻使我的寶劍在鞘裡融化」、「妳的吻使我的寶石在沙中變軟……」，但可惜拿破崙是一個愛情登徒子，也是一個權力瘋子，他最後因爲政治目的，休掉了約瑟芬，另娶奧國公主尤金妮。

在巴黎街頭，經常看見情侶親吻，巴黎似乎有一條不成文法，在交通繁忙的交通要道或十字路口，接吻的情侶不會被控告「阻礙交通」，這一點似乎不像英國那麼不文明；英國小、中、大學似乎都有一個規定，如果在公開場合，男女同學雖是面對面談話，雙方最少也要保持十公分的距離！相信不相信？英國的老師們，人人身上有一把丈量的尺！

巴黎街頭經常看見愛情之吻，有時這些愛情之吻的大膽、熱情、纏綣、火辣……是電影大導演也「寫」不出來的。這些愛情的吻，在淋淋大雨中、在汽車穿梭的繁忙大道上、在巴黎鐵塔下、在塞納河上、在散場的電影院前……種種風情，叫人悸動，有些時候，這些熱吻的情侶可使整條街的汽車全停下來，全巴黎的空氣也爲之凝結了，如果在這個時候還有不識相的人敢在這時撳喇叭，那麼熱吻中的情侶就會很不悅的說：「小兄弟，難道你沒有年輕過？」

巴黎有個大學城（Cite Universitarie）。大學城是巴黎各大學的學生宿舍，這些宿舍全部以國家的名字命名，因爲建宿舍的經費由這個國家捐贈，如美國館、摩洛哥館、中國館……，全部約可容納全巴黎各大學四千學子，但在這個大學城中，還有一個專爲這些學子服務的學生餐廳，每當學生餐廳到了開飯的時間，分散在全巴黎各大學的學子都在同一時間趕回來用飯，因此餐廳前人山人海，所以學子們要排隊領取食物，還要找座位，但更重要的是，還要趕時間吃飯與接吻！……因爲這些青年學子情侶可能在不同的大學就讀，平常各自上學，沒有時間見面，只有在這用餐的時候，才能短暫相聚，因此在這用餐的時間，同時要辦兩件事，一是接吻，一是塡飽肚子。但是畢竟用餐的時間苦短，能辦妥其中一件就不易了，何況是兩件？不過天下無難事，既然沒有時間分別辦兩件事，那麼就兩件事一起辦，這些學子的辦法是，從排隊的那一刻起，就不浪費一分一秒，也就是從排隊的那一分鐘起，就開始接吻，一直一直的接吻，一直吻到領取餐飲時。在領取餐飲後，又再馬上繼續接吻，也是一直一直的接吻，此時再一邊吻一邊找座位。當找到座位時，兩人立刻雙雙坐下，又再開始再接吻，也是一直一直的接吻，然後再每咬一口麵包，再接一個吻。

這樣的吻一直吻到用餐已畢，此時忙不迭的盤子一丟，又再繼續接吻。最後上課的時間到了，這才意猶未盡的「拜拜」，相約晚餐與晚餐的吻。

這些瘋狂接吻、瘋狂接吻、瘋狂接吻的巴黎學子，自古以來就是如此的，他們沒有也不知道人前人後之分，不過老老實實的告訴你，他們最後沒有創造出什麼了不起的愛情，可是他們卻創出了巴黎的浪漫和一批瘋狂的接吻的人。

法國女人的理想丈夫

法國《費加洛婦女週刊》委託法國民意調查協會，就誰是理想丈夫，對一千五百名未婚女性調查，調查的結果宣佈後，與很多人的想像不同：

第一問：請依序列出偏好的完美男人。

在這個題目裡，有善良、好爸爸、負責任、聰明、風趣、好情人、英俊、有成就、充滿新點子……，得到的答案是：善良、好爸爸、負責任、聰明、風趣，而其餘的列在最後。根據數字，善良比聰明重要兩倍，比好情人重要四倍。

這樣的調查結果，乍看之下，使人以爲法國女性要的是一個懂尿布、奶瓶、會賺錢、沒有腦筋，且妙語如珠沒有毛病的男人，最好還有一張高等教育文憑，如果在瑞士有存款，那是當然的更佳了，但叫人訝異的是，英俊的情人以及社會地位，在這調查裡沒有受到重視。評論家說，這一定會使一味追求威而鋼的男人垂頭喪氣，男人希望奮勇不懈，顯然法國女性不領情。

如果法國男人還認爲威而鋼可執，那麼請看清楚下面數字：好爸爸在法國女性的生命裡占六十

✿藝術橋上的畫家們。

五分，但一個床上好手，在法國女性的生命裡只值十七分。這似乎說明一件事，理想的法國男人不應該是一架性機器，應該是個能傳宗接代的種豬！至於情場老手、一夜情人、蜻蜓點水、萍水相逢，站一邊去吧！

調查也發現，法國人的婚姻，三分之一落得離婚收場，而且大多數還是女性提出散伙的，這是法國理想的男人難覓嗎？還是有其它的原因？其實統統非也，而是法國男人先被女人寵幸，但法國男人在被女人寵幸後，接下來的演出就慢慢的走了樣，最後不得不被女性三振出局。「就像用過的衛生紙。」

第二問：男人的事業性格。

百分之七十七的女人寧願她們的丈夫放慢腳步，多給家庭一點時間，只有百分之二十二的女人偏愛她們的丈夫把事業擺在第一位。

看來二十世紀八〇年代的男人，帶著公事包衝鋒陷陣的時代遠去了，九〇年代金錢掛帥的時代也過去了，現代的法國理想男人是穿粗布衫的那種，他有時間在海灘上告訴妳他

✿欣賞凱旋門之美，不在它的建築，也不在它鐫刻的戰役，而是它的設計意境。每當十月中旬——拿破崙生日前後——太陽自凱旋門正中徐徐降落，一代梟雄，正如落日般的淒美與壯烈，設計意境之美、之妙，少有如此者！

不快樂的童年，還有他很想與妳燕好。

第三問：社經條件的魅力。

仔細看看法國女性排在前五名的選擇：醫生、企業主管、老師、客機飛行員、運動員。

仔細看看法國女性排在最後的五名：樂手、作家、演員、模特兒、政治家。

什麼也比不上聽診器「性感」，這就是爲什麼法國國家的醫療預算老是超出的原因，因爲有些女人只是爲望一眼醫生而來看病的。企業主管排第二，證明許多女人說假話，因爲一個企業主管不可能整天留在家中。……至於排在最後五名的人，唉，別提他們了，「我」也不要！

第四問：其它。

百分之五十三的法國女人喜歡「有肌肉」的男人。評論家說，當然，這是中了史特龍的毒！因爲有些男人雖有「肌肉」，但這些「肌肉」是威而鋼造成的。百分之三十一的法國女人喜歡比較瘦的男人。評論家說，當然，這是女人念舊病復發，因爲想當年她是如何苗條迷人……

喜歡男人薄唇的法國女人占百分之五十一，喜歡男人厚唇的法國女人占百分之四十三，喜歡金髮的占……最後我們試著爲法國女人最喜歡的男人做個結論：身高適中、魁偉、棕髮、不愛作怪、忠於反省、好下男、好醫生、隨時隨地都能做女人的應聲蟲……不過這樣理想的男人哪裡有呢？因爲上帝造出來的男人，都是「次品」！

硬幣與做愛

硬幣與做愛根本是兩碼子事，本應該風馬牛各不相干，但是瘋狂的巴黎人知道怎麼把它們連在一起。

法國法蘭西銀行每年發行的五分錢硬幣，可說不計其數，但是這種硬幣根本沒有什麼價值。可是若把它放在身邊，卻很累贅，一般人若拿到這種硬幣，十之八九都是向抽屜裡一扔，或者把它丟進專放硬幣的玻璃瓶子裡，從此它就在市場上「失蹤」了。

每年，法國法蘭西銀行為了這五分錢硬幣，都很頭痛，因為它發行多少，它就「失蹤」多少，但法蘭西銀行每年發行的數量有一定的限制，它不能一沒有就再鑄，但是市面上找不到五分錢硬幣也不行，因為有些商業無法運轉。

大巴黎克麗岱地區的法蘭西銀行，就因為缺少五分錢硬幣而無法「周轉」，因此它在銀行裡貼了一個廣告，希望它的顧客把那些收藏起來的、睡覺的五分錢硬幣拿出來，存進銀行，如此可以利人，也可利己，成為雙贏局面。

✿聖母院的南窗向有「玫瑰玻璃窗」之稱，玫瑰玻璃窗直徑10公尺，上面鑲嵌了數以萬計的彩色玻璃。

佈告貼出後，嚇！五天之內，一共有三百三十萬枚五分錢硬幣像雨一樣的湧入銀行，銀行不得不緊急叫停，因爲再不叫停，銀行就被五分錢硬幣淹沒了。

有一個顧客存入了一萬一千枚，他說這些硬幣是他多年來在街道上、行人道上以及平日儲存的；另一個顧客有兩萬七千五百枚，她說是她的男朋友貯藏的；一個男士帶來了四萬三千枚，他說這是他從一九六〇年起儲蓄起來的，他說他每跟太太做愛一次，就存一枚。

「他一定瘋了！」銀行發言人說：「如果他說的是實話，那麼他們夫婦每天必須做愛三點五次，這怎麼可能！」

「誰知道誰瘋了？」巴黎人說：「銀行發言人怎能管人家煙囪怎麼冒煙的事？」

巴黎的午夜牛郎

巴黎午夜牛郎並不是新行業，它的歷史可能可追溯上一世紀，因此今日出現的午夜牛郎與一個世紀前的午夜牛郎沒有什麼不同，不過倒是它的顧客變化很大，往日它的顧客大都是穿金戴銀祖母級的人物，今天卻有愈來愈多年輕貌美或事業有成的新女性，勇於拋開性的禁忌，出錢「租」個小白臉滿足一下，並享受「交易式艷遇」的新鮮與刺激，而且也正因爲她們的「努力」「租賃」，使午夜牛郎的存在這件事，現在已幾乎被視爲是巴黎社會正常的消費之一。

這些巴黎的新女性並不是普通人，她們多是思想開放的女強人，或事業有成就者，她們同男人一樣，需要男歡女愛的片刻，以慰求生活的平衡，因此這些新女性並不一定家財萬貫，但她們

✿羅浮博物館前的雕塑之一。在巴黎，裸體已不稀奇，早有人捷足先登了。這是十六、十七世紀的作品。

的生活不虞匱乏，因此毋須冒婚姻之險來交換愛情，她們大多喜歡與對方共享一個溫柔短暫的小窩，而以小禮物增加相處的情趣。

大體而言，巴黎有職業午夜牛郎與業餘午夜牛郎兩種，但在職業午夜牛郎與業餘午夜牛郎之間，一般人卻相當難加以區分，因爲他們的職業可能是理髮師、男模特兒、學生、失業者……他們幹午夜牛郎，有些並不是爲金錢，不過他們也絕不拒絕金錢。他們的共同點是，他們擁有叫人稱羨的身材與俊俏的長相，當然，他們也得懂得怎麼討女人的歡心。他們常常穿著講究地在酒吧、舞會，或者某一個高級俱樂部裡流連，以覓取獵物。

有趣的是，男女「成交」的過程，幾乎都是心照不宣的方式，不是一開始就金錢掛帥。她與他，只要兩人看對了眼，互談條件的遊戲就可展開，這「條件」是怎麼度過今夜，一旦雙方決定「交易」，便祕密的交換地址。但這種地址交換，與昔日男人靠女人吃飯的花花公子不同，這些午夜牛郎並不隱藏自己的動機，他們一開始便告訴對方，他們所圖的目的是什麼，然後成不成交由「女顧客」決定。

足球・性・世界杯

足球選手腳起腳落，橫掃千軍，這樣的英雄景象，誰不仰止？他們強悍的肌肉、強勁的腳力，無非是想把球踢進一如耶和華引領他的子民日夜尋訪的「這流奶與蜜之地」，從而得到勝利。但是，這是多麼不容易的事情啊，巴黎人說。

這件事與性有關嗎？是的！巴黎內行人說！

這是什麼道理呢？爲什麼足球選手與性有關呢？難道巴黎人瘋了？

一九九八年以前，法國足球從沒有得過世界杯，就是打入四強複賽的機會也不多，如果一定要有，也是三十年前的陳年往事了。法國足球選手爲什麼那麼蹩腳？因爲法國隊每次遠征近征，都有美麗的家眷隨行，這些年輕氣壯的足球選手，在年輕貌美的女眷陪伴下，誰知道他們在夜裡是儲備體力還是消耗體力？因此巴黎人給了他們的法國足球選手一句名言：「上場全身乏力，下場虎虎生風！」這是形容他們在足球場上一無能力，但與美麗女眷的生活，卻虎嘯虎風。

一九九八年，又要舉辦世界杯了，法國足球隊教練賈昆特下了重令：「自球員選手入圍起，到足球賽結束的這三個月內，全體選手一律駐營！」意思也就是說，在這三個月內，足球選手必須戒絕性生活！

法國足球教練瘋狂了嗎？性與世界杯有關嗎？性是魚與熊掌不能得兼的問題嗎？對這個問題，當然沒有人有科學的回答，但奇的是，這一次，法國眞的拿到他們一直想要的世界杯了，於是法國人瘋狂了，巴黎人也瘋狂了，瘋狂的人潮幾乎淹沒了巴黎香榭麗舍大道，可是也就是當法國全國都在慶祝世界杯時，一句後來成爲名言的名言，也同時在法國的媒體上大肆渲染：「要世界杯，就沒有性！」

從此之後，法國很多公司的大老闆，在派重要任務給下屬時，會半玩笑的對下屬表示：「少來點性！」意思是，別爲了貪圖性，把交待的重要事情搞砸了。言外之意，似在影射足球選手的無性生活與他們最後得到的非凡成功。

法國的世界杯，是不是與選手三個月的無性生活有關，沒有人敢判定，但世界杯與性，眞的不能得兼嗎？也許經驗不足，怎麼說都不能服人，不過看一看其它國家的足球隊選手，也許可以攻錯，特別是一些寶裡寶氣的足球隊。

巴西國腳羅納度，投效義大利國際米蘭隊，他的未婚妻薇娜——巴西第一美女，羅納度每望她一眼，就能使他激情發酵，但他們兩個人分在兩個半球，一個人忙著東征西討的足球賽，另一個人

忙著在西半球脫衣表演，兩人可說難於見面，更別說性來性去了，結果羅納度幾乎有半年的時間沒有踢進一個球！

瑞士足球隊是所有隊中最具有孔夫子道德觀的，在比賽之前，齋戒沐浴、老僧入定，所有該守的清規靜矩都守了，但比起賽來，就是沒有大腳把足球踢進對方的球門裡，有一次甚至踢進自己的球門裡。瑞士隊甚至在世界杯中進不了複賽。

上屆保加利亞足球隊教練潘尼夫，可絕不是孔夫子的得意門生，他的帶兵哲學就是無爲而治，舉凡葷、腥、辣、麻、酥、軟，乃至絢麗的夜生活，全都照單全收，因此保加利亞足球隊的營盤裡，夜夜上演空城，但第二天球場裡的哨子一吹，卻又個個生龍活虎的跑來跑去；保加利亞隊雖然從來沒有拿過世界杯，但每屆都打入準決賽。

陰陽調和嗎？怎麼調和？因此巴黎有人相信，比賽中要有性，才能贏球，但又有些人相信，比賽中應該沒有性，才能贏球，不過現在已知的是，性與不性之間，必然也有幸與不幸的關連，坦白的說，要想把球踢進「這流奶與蜜之地」，還是得去問問孔夫子或耶和華，因爲也許只有他們才知道別人不知道的祕密，不過巴黎人已經瘋了，哪有時間去問呢？

✿巴黎聖母院起建於十二世紀，完工於十六世紀，因建築工期長達四世紀，建築形式包括了哥德式及巴洛克式，但主要仍以哥德式為主。

求愛到最高點

巴黎之所以是巴黎，因爲巴黎住了一批瘋人。

巴黎有一個聖母院，巴黎還有一個鐵塔，聖母院高四十八公尺，鐵塔高七十二公尺，兩個地方高低不同，但兩個地方同樣著名，巴黎有一批瘋人們，就是看準了它們很著名，因此向著名挑戰，因此演出的瘋人瘋事，可說一籮筐一籮筐的，可以三天三夜說也說不完，如有人在聖母院裡大演裸體秀、在鐵塔上自殺……。

巴黎看慣了瘋人瘋事，所以謝天謝地，這些瘋人瘋事都沒有辦法嚇著巴黎人，甚至這些瘋人絞盡腦汁想出來的瘋癲「傑作」，在巴黎的瘋人瘋事裡，並沒有占上任何一章；巴黎有一個好處，任何瘋人瘋事，風一吹，就不見了，見慣了天下瘋事的巴黎人，對任何瘋事也都練就了上好的功力，也就是老僧坐定，笑看煙雲起，也笑看煙雲滅，巴黎人有一句口頭禪：「這就是巴黎！」不錯，以萬變應不變，以不變應萬變，以及「使能變的變到這程度，使不變的也變化無窮」，美國民主詩人惠特曼（Whiteman）的詩，好像是寫給巴黎的。

阿塞納與阿里斯泰是好朋友，但不幸的是兩人同時愛上了美麗動人的瑪麗，兩人爲了不傷彼此的友誼，同時也爲了公平競爭，在瑪麗的同意下，他們三人——兩個男主角及一個女主角——決定來一次三人面對面的高空較勁，以便找出瑪麗的芳心屬誰。

他們首先看上了巴黎聖母院。阿塞納與阿里斯泰兩人都認爲，要較勁，一定要較量膽量與詩意，而巴黎聖母院的屋頂，應是最佳的地點了，起碼在這個地方與心愛的人散步，比與心愛的人在夜總會裡跳舞有意思的多。

主意打定，於是在一天夜裡，兩人約同瑪麗，三人一起穿上結婚禮服，男士西裝筆挺，女郎婚紗飄飄，他們一起攀上巴黎聖母院高四十八公尺的屋頂，於是兩個紳士在巴黎的星空下、在巴黎的燈光上，開始爭取女郎的芳心：阿塞納帶來了香檳，阿里斯泰帶來了笛子，三人一邊飲香檳一邊聽笛子，情調非常浪漫，但可惜，兩個紳士的渾身解數卻更使瑪麗的芳心七上八下，因此無法決定芳心屬誰。

沒關係，因爲瑪麗想到：還有巴黎鐵塔。瑪麗親自訂出了遊戲規則：誰先攀到巴黎鐵塔的最高點，誰就有權向她求婚。

在愛情的激勵下，就是聖母峰也沒有什麼了不起，何況只是七十二公尺高的巴黎鐵塔呢？因此兩個紳士立刻「努力向上」的攀、攀、攀，攀到最後，阿塞納終於在幾次幾乎失足的情形下，首先

✿巴黎聖母院後翼的美，有一種浮升的感覺。在這裡，雕塑家把堅硬的石頭變得像泥一樣的柔軟，因此看起來不像是石頭建築，倒像是石頭雕塑，這是巴洛克式建築的精華。

攀到了巴黎鐵塔的最高點。此時此刻的阿塞納，不但把整個巴黎踩在腳底下，甚至也把世界踩在腳底下了，因爲他就要得到他夢寐以求的瑪麗了，他馬上想到他與瑪麗的婚禮應該在高三十五公尺的凱旋門上舉行才對，但誰會想到，此時此刻的瑪麗，卻出人意外的宣佈，她命中的白馬王子是……於是阿塞納眞的從七十二公尺高的鐵塔上直跳下去！

……這不是巴黎瘋人們的第一章，也不是最後一章，只是巴黎瘋人們中間的一章罷了。他們演的好不好？你怎麼替他們打分數？那是作觀衆的責任，也是你的！

玫瑰也瘋狂

每到二月十四日西方情人節時，巴黎人作興送玫瑰花給情人。哼，巴黎情人們平日風流倜儻，出手也算大方，但到了情人節時，出手就小器了，情人收到的玫瑰只有一枝！

爲什麼只送一枝玫瑰？是傳統？是眞的小器？還是另有隱情？

當然，這不是小器，這是自古已有的不成文傳統，但爲什麼古人的不成文傳統只是一枝玫瑰？有什麼隱情？答案很明顯：玫瑰花太貴！

全世界情人收到的玫瑰花，大都來自荷蘭，荷蘭的玫瑰花占全世界百分之六十的產量，古人交通不便，要想把玫瑰花自荷蘭送到情人手中，並非易事，短程的也要一日二日，長程的一星期半月是常事，但因爲玫瑰很容易枯萎，經過短程長程的運輸後，絕大多數的玫瑰花都枯萎了，一個情人要在千萬朵枯萎的玫瑰花中才能找到一枝堪送給情人的，因此可以想見，這一枝玫瑰花來的是多麼珍貴，

✿塞納河與巴黎鐵塔。

那麼愛意之濃就不需再表了；今日把玫瑰花送到情人手上，速度快多了，短的也許只要一兩個小時，最久的也不超過二十四小時，但是玫瑰花的價格還是低不下來，爲什麼？

「經營鮮花是與時間競賽的事業，」荷蘭人說：「早晨在荷蘭的鮮花，晚上就已在東京消費者的手上，所有的人都希望買到的花是新鮮的，所以非快不可。」

但這快，也要付出昂貴代價。荷蘭艾爾斯密爾（Aslsmeer）花市批發場，每天賣給全世界的玫瑰約爲兩千五百萬朵，但還是供不應求。艾爾斯密爾花市的批發商說：「全世界都在同一天過情人節，因此對玫瑰需求必會加倍，但我們沒有辦法叫玫瑰花在同一天增產啊！」就是這個簡單的理由，玫瑰花還是沒有辦法多送！

一九九九年，一朵玫瑰花的產地價格原是五十美分，但情人節前一週，每朵玫瑰花漲爲一點二美元，到了情人節前兩天，更躍升爲二美元，這種花到了巴黎情人手上，價格更是翻了兩番……在高價下，巴黎年輕的情人經常嚇破膽，因此「一枝玫瑰夠了！再多就要束緊腰帶了！」

在巴黎，爲玫瑰花瘋狂的人很多，但收到玫瑰花的機會不多，原因就是玫瑰花貴得嚇走人！

比基尼萬歲

人類原來是赤裸的，後來有了樹葉、獸皮等東西包身，再後來有了布，再後來布愈來愈多，但再後來，布愈來愈少，到了今天，身上有布無布並不一定，這就是人類文明的演進。至於我們包身的文明，就要看巴黎時裝大師怎麼隨心所欲的擺佈了，這似乎也是全世界的時裝發展史，但有一樣怎麼也改不了的，原子彈與比基尼游泳衣，把這世界「炸」翻了天！

比基尼（Bikini）原是西太平洋上的一個環礁，世界上可能沒有幾個人知道它在什麼地方，就是一九四六年美國在這環礁上試爆原子彈，世人只知原子彈的厲害，但還是少有人知比基尼是什麼，但是就在這一年，一個巴黎時裝設計師製作了一件用布很少很少的女性游泳衣，並把它命名比基尼游泳衣，比基尼環礁上的爆炸威力這才眞正的傳達到世界的每一個角落。是比基尼游泳衣把比基尼島吵上世界舞台的，不是美國的原子彈！

當然，巴黎是比基尼「受害」最烈的城市，因爲從此以後，巴黎的比基尼游泳衣用布之少，沒有人追得上，有些比基尼游泳衣根本不知道還能不能算是游泳衣，因爲它只是一根「帶子」！

如果從比基尼游泳衣出現的一九四六年，數到人類的第二個千禧年，比基尼游泳衣已有五十五年的歷史了，美國的原子彈也進步到中子彈、質子彈了，法國人的比基尼游泳衣，當然也愈進步用布愈少，下一次美國試爆中質子彈時，法國又爆什麼游泳衣彈？

這應該不是國家機密，但可以猜想到的，因此全巴黎人都在爲試爆一個什麼彈傷腦筋了！

✿藝術橋與新橋。

光溜溜的才是正牌

巴黎梅塔法戲院正準備演出一齣愛情戲劇，其中有亞當與夏娃。製作戲劇的單位特別找來十六世紀美術家的雕塑作品「亞當與夏娃」做範本，同時也找來一男一女模特兒，仿「亞當與夏娃」雕塑的姿勢，製作了一張現代版的「亞當與夏娃」海報，以便為這個戲劇廣為招徠，當然，海報上的亞當與夏娃都是光溜溜的。

但是，張貼這張廣告的公司，卻認為海報極不妥當，在沒有得到委託人的同意下，擅自在模特兒敏感的部位塗上黑色的三角形，理由是「遮醜」。

製作單位當然不感謝他，因此要求張貼公司重回原形，但張貼公司拒絕了，因此雙方上了法院，法院最後的判決是：廣告公司損毀海報有罪，海報必須還原，並且罰款。

親吻軼事

據說接吻起於初民的一項見面禮，因爲初民見面時，要互相以鼻子摩擦對方的鼻子——大概是其中有一個近視眼，看錯了部位，結果摩擦起嘴巴了，因此人類進入接吻時代。

古希臘時代，古希臘人向神飛吻表示對神的尊敬，古羅馬人則以香料塗在唇上，用來增加自己對異性的吸引力，用來接吻。

四千年前古印度的文獻上，就有互相摩擦鼻子的記載，但是不是有近視眼弄錯了部位，此事待考，不過顯然的，親嘴比親鼻子舒服多了。古羅馬人相信，那第一個發明接吻的「近視眼」一定是義大利人，因爲義大利有一個傳說，公元前一百年，古羅馬人首先發明了酒，但這種瓊漿玉液釀造不易，因此只有一家之主的男人才有權享受，所以古羅馬男人在下工後回家，第一件事就是去嗅嬌妻的嘴唇——看她偷飲了酒沒有！沒料就這樣發明了親吻！

不過親吻有時也有敵人，公元一世紀時，歐洲流行皰疹，羅馬皇帝不得不下令不准親吻；十七世紀末歐洲黑死病，公共場合的親吻立刻絕跡了，人們不得不以脫帽的動作向對方表示敬意，二十世紀末愛滋病鬧翻了天，不過，還好，親吻未被人拋棄。

今天親吻已很普遍，但在許多社會中，親吻仍是禁忌的遊戲，法國是親吻「大國」，當心，年輕漂亮的女人們，在法國，在巴黎，在這個崇尚接吻的大國裡，常常有風流倜儻的陌生男人要求與妳親吻，因此接吻的「中獎」的機會極多，因爲妳怎能拒絕風流倜儻的法蘭西人出於讚美妳的美麗敬意的親吻呢？

性騷擾面面觀

世界各國都有性騷擾，世界各國性騷擾的標準並不一樣，有時在甲國一些對異性的親暱動作是公開允許的，但在乙國卻是嚴重的性騷擾，更有些時候，在甲團體裡的一些親暱動作是可以允許的，在乙團體裡卻是行不通，因此是不是性騷擾，完全由這個國家或這個團體的文化決定，有時也由當事人認定。

歐洲同盟有十九個會員國，可是十九個會員國的文化差異極大，平常各會員國在自己的國家裡自行其是，當然沒有問題，但這十九個會員國的外交官聚在一起，麻煩就大了，因爲有些外交官不知何去何從，例如同盟國設在法國史特拉斯堡的議會就是如此。

同盟國的最高權力機構是各國外交部長會議，但十九個外交部長不可能長駐史特拉斯堡，因此長駐的是部長的代表，以及代表的隨從，還有的就是由這十九個國家派來的男女職員、祕書甚至清潔工。他們與她們大都很年輕，這麼一大伙年輕人，又是文化差異極大的人，但卻同在一個屋頂

✿巴黎不是瑪丹娜的天下，想看裸體有的是。這是夏綠蒂宮後的大雕塑之一。

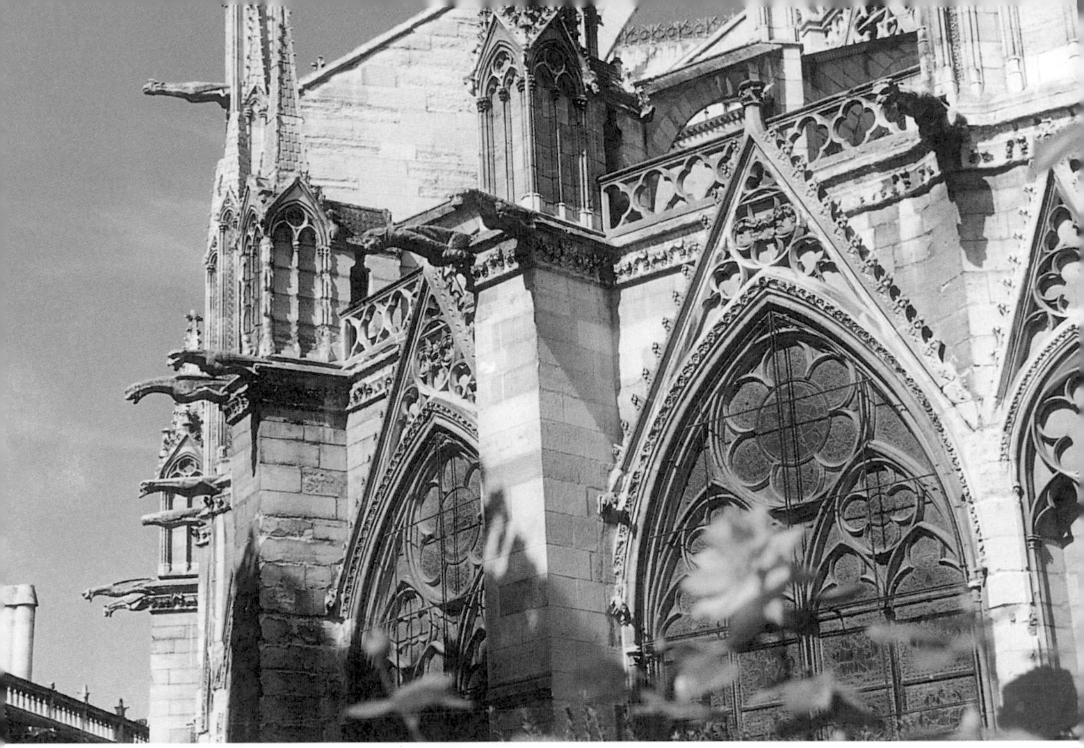

下，因此趣事不少，首先就是對性騷擾的態度。

年輕的義大利外交官喜歡拍女職員的屁股，因爲這是親暱，這在義大利不是性騷擾；法國外交官喜歡與女職員接吻，因爲這也是親暱，不是性騷擾；英國外交官見到女職員，既不拍屁股也不接吻，只是淡淡的一聲「早！」這也是親暱，也不是性騷擾；德國外交官見到女職員，只是僵硬的微抬右手，連「哈囉」都免了，這也是親暱，不是性騷擾……總之十九個會員國有十九種表情，各行其是，互不侵犯。

但問題是：如果義大利外交官拍女職員的屁股，而這個女職員不是義大利人，這時怎麼辦？這時是不是性騷擾了？因此就有不是義大利的女

✿聖母院起建於十二世紀，歷400年才完工，它的精雕細鑿自不在話下。注意那些突出牆外的怪獸雕塑，它是排放雨水的雨漏，但為什麼把雨漏做成這個樣子？當聖母院起建時，巴黎還不是天主教的天下，因此是各教競爭的局面，這些雨漏各代表一個宗教，天主教徒視它們是邪惡的外教，所以罰它們作怪獸，並罰它們做雨漏。

職員向義大利外交官抗議的事了，這當然是性騷擾的案件，但是自同盟國議會設立以來，這種案件甚少，因爲大多數的女職員，對義大利外交官的「德性」都有了解，因此沒有性騷擾戰爭，時至今日，倒有一個反常現象，如果今天這個義大利外交官不拍那個女職員的屁股，倒會引起小小的外交事件，這些女職員會對義大利外交官大唬著說：「爲什麼不拍？是不是嫌老娘今天臉上擦的脂粉不夠厚？」

歐洲同盟國有鑑及此，因此在一九九二年擬了一份在歐盟十九個國家裡都「通行」的性騷擾案例，超過這個範圍，就是性騷擾，在這十九個國家裡必罪無疑。這個規定並舉出規範，現在簡介其中之一、二……

1. 以不恰當的言詞，暗示或明示帶有性的挑逗的……

2. 以不恰當的聲音、圖畫、舉動，暗示或明示帶有性的挑逗的……

3. 以行動暗示性……

這個條文洋洋灑灑的共有二十五條，並且唯恐文字之不足，另附以電影短片，但是這個條文發表後，十九個會員國全都嘩然，因爲有人認爲失之太嚴，不如大家全都做教士去吧，另又有些人認爲失之太鬆，有等於沒有，特別是一部分年輕人，她們不禁叫道：「什麼？連拍屁股也不可以？」結果這個歷經半年、十九個會員國的二十八個專家夙夜匪懈共同研擬出來的二十五條條文，尚未出世就夭折了。歐盟十九個會員國可以談通貨如何統一、可以談稅制如何統一、可以談邊界如何開放、可以談如何對付塞爾維亞、可以談如何共同對付黑社會，但有兩件事不能談，否則一談就「破局」，一是胃，一是性騷擾。

胃爲什麼不能談？因爲每個會員國都有每個會員國的美食，誰也不想讓誰統一，因此胃是不能統一的，另一個就是性騷擾了——假如義大利女職員的屁服願意被人拍，干你德國、英國、葡萄牙、北歐各國人的屁事？

歐洲同盟國對性騷擾文化的落差尙且如此，對尙不太開放的非洲與亞洲而言，就更難有統一的標準了，這裡有一些非洲與亞洲的資料，算是借鏡：

印度對性騷擾的態度，東南西北各地各不相同。印度南部的托達區，字典裡沒有「通姦」與「性騷擾」這個字，男孩子可以隨意與識或不識的女孩子調情，有些且出於女孩子的主動，因爲這個地區的女孩子有權擁有三個以下的丈夫或情人，如果一個年輕的女郎一個情郎也沒有，反是很丟面子的事，並且按照當地的迷信，這個沒有情人的女郎還會連累叔伯們短命，因此她們樂於接受男人的性挑逗；但在印度首都新德里地區，情況就截然不同了，任何男人只要盯著女人目不轉睛的凝望十秒鐘，就是性騷擾，重則坐牢三日，輕則罰款約美金三元——一個印度工人一月的最低薪資。印度新德里市政府請有專門的「街上風化巡邏隊」，專門抓這些專盯女人的男人。

✿天鵝長堤把塞納河一分為二，堤前是自由神像，正是「一水中分白鷺洲」，塞納河的美與安靜，在這裡特別明顯。

巴基斯坦的男人如果盯著女人十秒鐘不放，也是性騷擾，這時這個女性有權在這個男人的臉上吐三口口水，如果情形比盯十秒鐘還嚴重，女人有權要求這個男人捉一隻青蛙，並在青蛙面前吐男人三口唾液。

在埃及首都開羅，看見漂亮的女郎，不能不經同意的就跑上前去送花，否則就是性騷擾。開羅法規中有一條「在公共道路上，用言語損傷一名女性，是傷風化的行爲」，因此重罰不饒！開羅市政府在全市每個高中女子學校門前，都有專司其事的風化巡邏隊駐守，但被捕者通常是以繳罰款了事。這裡有一個「趣譚」，一個法國人應埃及政府之聘，到開羅行醫，一日進來一個年輕的埃及女郎，女郎說她頭痛，醫生著她解開胸衣，以便聽診，沒料女郎叫了起來：「醫生，是我的頭痛，不是胸呀！」性騷擾案來了！

法國早在一九五八年即已通過男女平權法案，其中也部分涉及性騷擾法案，這是法國——也可能是全世界——此類法案的先驅，全案由法國政治史上第一個女性國會議員瑪賽樂德佛（Marcele Devaud）所提出，但是多少年來，由於政府「執行不力」，或者社會風氣「每下愈況」，就是女性也不完全支持這個法案，因此社會上的性騷擾案件只增不減。

一般的性騷擾案件多是男性性騷擾女性，但在法國，女性性騷擾男性的案件也不少，這可能是這個女性與男性性觀念完全平等的國家的特殊案例，如女上司經常藉故「命令」男職員與她一起出差、女上司經常藉故有意或無意的「觸碰」男職員大腿的內側、女上司經常藉故「命令」男職員與她共享燭光晚餐……如果這個男職員不願「坐享美色」，並把這種事視爲痛苦，於是性騷擾案出來了。

一九九八年，巴黎就有一個案例，一個女上司「命令」手下的一個男職員與她共赴旅館、共用一張床，但被男職員拒絕，女上司一怒而把他開革，男職員認爲這是對他的侮辱，於是告入法院。不過一般說來，女性性騷擾男性的案件爲數甚少，多的倒是男性性騷擾女性的，不過就社會學專家來說，女性性騷擾男性的應該爲數也不少，但男性愛面子，不願把被性騷擾的事張揚出去，同時有些男性或者男性的同事，

✿無罪者噴泉建於1547年，是歐洲文藝復興式的傑作之一，現今是巴黎最重要的噴泉之一。它的附近就是龐畢度文化中心。

認爲被女性性騷擾反是光榮、是桃花運，因此隱藏起來了。

男性性騷擾女性的事件層出不窮，法國一個汽車公司的女銷售經理，她就經常被她的上司性騷擾，在一忍再忍忍無可忍下，一狀控告她的頂頭上司總經理。這個總經理平日口齒不乾淨，如「妳這個笨女人！」、「妳這個女人懂什麼？」、「我們到旅館裡去討論妳加薪的問題吧！」這個女經理一直看在他是上司份上，忍了也就忍了，但每當她完成一筆巨額交易時，這個總經理就說：「妳是怎麼完成的？妳是不是跟他上床？」這，是能忍還是不能忍？當總經理收到法院的傳票時，很吃驚，因爲總經理認爲，這只不過是男女同事之間的玩笑而已，不是當眞的，頂多只是口出不遜而已，應該不是性騷擾。

這件案子與美國湯瑪斯大法官轟動一時的性騷擾案不同，美國湯瑪斯大法官從開頭到結尾，都一口咬定沒有此事，因此這個案子在「查無實據」下轟轟烈烈的結束了，只留下了一團疑雲。這件案子也不同美國柯林頓總統的性騷擾案，因爲柯林頓的性騷擾案最後在「查有實據」下不得不被迫認帳。法國總經理的這個案子，總經理一開頭就承認全部「罪行」，但不認爲那是罪行，那只不過是同事間的戲言戲語，不能當眞的。

現在這個案子仍未宣判，只等法官怎麼認定是不是罪行了，但輿論轟轟，預估最後頂多也不過是小罪懲戒而已。法國辦公室裡的「黃話」之多、之鮮、之艷，常常是叫人吃驚的，因此法國辦公室的特產品就是「黃帝」！

不過除了這些男女之間的性騷擾之外，還有另一個看來也應該是很嚴重的性騷擾，那是對藝術的鑑賞。許許多多的黃色藝術，假藝術之名而公開出現，是與非完全在一念之間，其中沒有可循的公正標準。在巴黎，在這個藝術之都，滿街都有很多裸男裸女的雕像，古代的與現代的都不乏其「人」，它們當然都是藝術品，有些且是名家的名作，但它們都是藝術品嗎？它在每個人的眼裡的定位，也都是藝術品嗎？

答案是：並不見得！

巴黎羅浮博物館裡的名雕名畫不乏其數，裸體的有之、玩弄乳頭者有之、生殖器外露者有之、陰陽人有之……這些是不是黃色？對心理正常的人來說，是不是性騷擾？因為評鑑困難，因此巴黎羅浮博物館就諄諄告誡它的觀光客：「有些名畫名雕是不是可給未成年的青少年觀賞，家長必須自己決定！」言外之意，就是「最好別給未成年的青少年觀賞」！

法國莫內是世界知名的印象派畫家，但他的作品中不乏裸女。誰「敢」說這位世界級的大師的作品是黃色的、並帶有性騷擾？一九九三年巴黎舉行莫內六十年來最大的一次大展，首展日時，巴黎各界著名的菁英份子幾乎全到場了，時任工業部長的賽飛與他新婚的妻子也在應邀的貴賓之列，但是賽飛部長與他的新婚妻子隨進隨出，似乎並沒有好好的欣賞莫內名畫，於是這就給新聞記者逮到機會，新聞記者問部長：「是莫內的名畫不好看嗎？」

沒料部長的答話叫人莞爾，也叫人深思：「不是！只是我太太說，站久了會『累』！」

原來新婚未久的賽飛太太，面對著滿牆的莫內裸女，就算這些裸女是世界級大畫家的作品，也無法不感到這是性騷擾！

這不是特殊的案例，幾乎同樣的案子也發生在法國知名女作家莎崗的身上，因爲有一次莎崗參觀一個新畫家的畫展，當她看到滿牆的裸女時，不禁有性騷擾之感，因此她對新聞記者說：「不錯，藝術是要叫人感動的，但有些作品叫人感動錯了部位。」

沒料第二天畫家還擊莎崗：「莎崗小姐，妳的什麼部位感動了？」

法國最長的一個性騷擾案例起於巴黎，終於南部偏遠的小城布（Puy），前後爲時十七年。這個性騷擾案也可能是世界最長的性騷擾案。先是一個高中女學生對她的一位男老師發生了仰慕，她把她的仰慕告訴了另一個女同學，沒料這個女同學也對這位男老師有同樣的仰慕，於是這兩個女同學就聯合起來向男老師展開

✿大教堂區包括三個教堂，左側一幢現已改為巴黎市政府第一區的辦公室，右側是聖日耳曼教堂，中間的高塔是聖日耳曼教堂的一部分，因此現在只有一個教堂。法國大文豪雨果稱大教堂區是「餐桌上的果盤」，巴爾札克稱它是「花朵中的顏色」，音樂家蕭邦稱它是「一個音符」。

性騷擾。在教室、在公衆的地方、在回家的路上、在考試的試卷上，處處都是性挑逗的動作與文字。

這位男老師已經有女朋友，而且基於理智，也無法接受這樣的性騷擾，因此這位男老師對這兩個女學生曉以大義，但這兩個女學生聽不進去，一年下來，糾纏得這個男老師沒有辦法，男老師的女朋友見狀，只有自己扔掉男老師跑掉了，但男老師爲了女學生的前途，還是隱忍下來，可是兩個女學生見男老師的女朋友自行求去，認爲自己已經勝了第一步，於是展開更猛烈的性騷擾。

男老師見狀，知道不處理不成了，於是男老師把這件事稟告校長，可是校長也沒有辦法擺平兩個女學生對這個男老師的性騷擾。校長在沒有辦法下，只有報警，警察也沒有辦法擺平，最後只有把這兩個女學生送進法院，法院也沒有辦法擺平，最後法官只有把這兩個女學生送進牢房。

男老師想，這兩個女學生在受到九個月的牢獄之災後，應該有今是昨非之感，因此一心一意的認爲往事不會重演了，但是兩個女學生在出獄後，情況更糟糕，因爲她們已不再是男老師的學生了，已沒有師生之間的顧慮了，因此她們更狂妄起來，她們索性在學校的對門租屋而居，對男老師的性騷擾更變本加厲，男老師每走一步她們就跟一步。

✿從亞歷山大三世大橋的細部雕塑看亞歷山大三世大橋的美。

男老師知道大勢已去，但這次他不忍心讓女學生再坐牢了，那麼他就抱著犧牲自己的精神。他本來可以升任這個中學的中學校長，但他想到這兩個女學生，自己的前途並不重要，於是悄悄的辭了職，悄悄的回到他自己的小城布，擔任小學老師。

沒料兩個女學生又唧尾追來，又是租屋對門而居，還是性騷擾依舊。

現在這個男老師已經走投無路了，因爲以他的經濟能力，他不可能再辭職遠走他方，但男老師還是堅拒再把她們送入牢房。

兩個女學生覺得這樣更好，就在這個男老師的家鄉找了一個工廠安頓下來，永遠、永恆的守著她們不可得的情人，留了下來。

這一留，一直留到今天，前前後後已經十七年了，看來兩個女學生仍是舊夢癡癡。

當新聞記者訪問這兩個現在應該已是不惑之年的女學生時，記者問她們對她們的所做所爲是否有過後悔？沒料兩個女學生都說：「爲了愛，我們覺得我們沒有錯，但我們不再那麼癡癡的糾纏了，我們終於明白愛情不是單方面的！」目前這兩個女學生還沒有結婚，也不想結婚，但也不想回到她們自己的家鄉。現在她們就是在路上遇見男老師，也只是簡簡單單的一句「您好」！

但這句話說得多麼沈重？這兩個女學生不僅毀了自己的愛情、前程，也毀了男老師的愛情、前程！這是十七年的性騷擾還是十七年的黃粱一夢？

金錢與愛情

幾乎全世界的法律都有保護婚姻的特別規定，不過少有幾個國家像法國與美國一樣，還保護婚約。法國有「婚約保護法」，美國有「心碎人保護法」，這就是對婚約的保障。在這些保護婚約的法律下，談戀愛當然是自由的，但是戀愛一旦落實成爲文字，如訂婚，就受到這些法律的保護了，因此在法國談戀愛，可以儘管談，愛怎麼談就怎麼談，但千萬別落實成爲文字，一旦落實成爲文字，就失去某些自由了。但是奇怪，儘管違約的人很多，卻少有人引用婚約保護法，因爲「愛情是無價的」，對違約的負心，就放了他吧，反正天天天藍。不過，法國的負心人也別太得意，這個情形可能在一九九九年二月六日爲止了，因爲在這一天，一個巴黎人開出了愛情負心的代價——很科學的負心清單。

巴黎法院最近接下一個有關愛情的案子，二十一歲的餐廳女侍在婚禮舉行的兩天前，對她的訂婚反悔了，她的未婚夫是一個律師，因此上稟法院要求追回所有的愛情花費。

這位律師很科學的列了一張清單，詳列他送給她的所有禮物以及每樣禮物的價格，如：轎車、皮大衣、一點零六克拉鑽石訂婚戒指、打字機、共吃情人燭光晚餐的價格、香檳、情人節送的巧克力糖……等，總共折合美金四萬零三百一十元四角八分！這個律師很大方的，未追究「精神損失」！

最後，律師贏了這個官司！

✿小皇宮原是為萬國博覽會而建，它是十九世紀末各種建築流派的「折衷主義」下的產物，如今展出各種藝術作品。

美的黃金定律

全世界有三十五億人，誰美？誰不美？美容整型醫生以什麼標準判斷鼻子的高或矮？又以什麼標準判斷乳房的豐滿？還有腰圍又是如何的？……眞要談這個問題，似乎有一大簍，但所有的問題加起來似乎只有一個：審美觀的標準是什麼？

每個人都有每個人的審美觀，這個審美觀摻雜了文化、教育、歷史、人種……等等等的觀念，因此在不同的地區裡，有不同的審美觀，就是在相同的文化裡，也有不同的審美觀。誰是肥環？誰是燕瘦？肥環燕瘦都是美，肥環燕瘦都有當西施的可能，因此什麼都有評鑑的標準，唯獨審美觀沒有放之四海而皆準的標準，不過話也不能這樣說，因爲什麼是美？什麼是不美？每個人還是有自己的一定標準，如果能把每個人的審美觀念加在一起，以最大公約數求取一個平均值，那麼不是一個放之四海的標準嗎？只是很少有人能用科學的方法指出這個最大公約數的平均值標準罷了。

法國人對古籍很有研究的興趣，法國人很快的從古籍中發現，困惑今人的問題，也曾困惑古人，因爲法國人在古籍中發現古人對這個審美標準也很有興趣，因此法國人知道十六世紀的義大利天主教

神父迪波（Depe）曾在一五〇九年寫過「神奇的比例」，這可能是世界首次試著以文字寫出審美標準之始，但最著名的爲審美寫標準的，還是義大利畫《蒙娜麗莎》的畫家達文西所寫的「黃金定律」。

達文西的「黃金定律」把人類的審美標準分做幾部分，各以公式表示，身材高矮的公式各是：a/b=b（a+b）=0.618。a代表上半身，b代表下半身。整個公式也即是說，上半身除以下半身，等於〇．六一八，下半身除以全身，也要等於〇．六一八，這就是最美的身材的標準了。

至於臉呢？額頭到眉毛、眉毛到鼻尖、鼻尖到下巴，達文西認爲這三條直線距離要等長，鼻頭的寬度要等於兩眼的距離，這個寬度又必須

✿聖艾德田教堂
造型結合了哥德式和歐洲文藝復興式兩種建築的精華，因而成為巴黎造型最怪異的教堂。它的裡裡外外，皆是精緻的雕塑。傳說路易十三的皇后曾在這個教堂裡祈子，因而得路易十四，因此它也是巴黎最擄傳說魅力的教堂。

與眼睛的寬度相等。

除此之外，眼皮的厚度、嘴唇的厚度、鼻子的高度……等，也有標準。

想不想做現代的「蒙娜麗莎」？或者想不想成爲現代的「維納斯」？巴黎人建議，還是祈禱上帝格外開恩吧，而少請教現代的美容整型醫生，因爲全世界適合這個「黃金定律」的也只有「蒙娜麗莎」與「維納斯」她們兩個人！

巴黎的咖啡文化

一杯咖啡，在台灣曾經喝出了在野黨的「大和解」，以咖啡「立國」的法國，更引發了法國大革命，可見咖啡的「性格」，有時它馴如女人，有時它蠻於男人。

咖啡大約在十五世紀末傳入巴黎，最初只是上流社會的飲料，到了十六世紀中葉，才比較普遍起來，十六世紀末，巴黎出現了第一家咖啡館，十七世紀起，咖啡終成大衆化的飲料了，也由此時期起，咖啡館如雨後春筍的出現，從此咖啡館就愈來愈盛，到今天爲止，單是巴黎一地就有兩萬五千家咖啡館，可說咖啡與咖啡館都很深很深的融入巴黎人的生活中。

巴黎約有兩萬五千家咖啡店（包括飯店），因此巴黎可說遍地都是咖啡館，人行道上、街角、樹蔭下、豪華大建築中…

✿聖厄斯塔什教堂與「回憶」，可惜它被搗蛋份子變成大花臉。

……找不到咖啡館的地方還眞沒有！但是，如果仔細看，巴黎咖啡館雖然家家滿座，可是除了少數一些位於觀光景點的咖啡館外，裡面的顧客清一色的幾乎都男性，原來巴黎咖啡館是巴黎男人的天下！

巴黎曾對二十歲以上的男人做過調查，一個男人平均每天消磨在咖啡館裡的時間是一點四二小時，這眞糟糕，因爲這比一個男人與自己的老婆面對面交談的時間還長，因爲與老婆平均每天只交談一點二小時。

三教九流都自在

「如果我不在家，就在咖啡館，如果我不在咖啡館，就在赴咖啡館的路上。」這是巴黎人的口頭禪，可見咖啡館對巴黎人的重要。

很多觀光客嚮往巴黎的露天咖啡館，坐在那兒，一邊細品香醇又略帶點苦的巴黎濃縮咖啡，一邊望著行人道上匆促的行人，這些行人中有觀光客、白領、藍領、富賈、流浪者、妓女、獵艷者或獵艷者的獵物，甚至還有化了妝的國王……或者一份報紙、一本書、一杯咖啡、一個下午，這也是一種浪漫。

巴黎的兩萬五千家咖啡館中，其中不乏百年老店，也不乏現代化的創意咖啡店，由咖啡館的種類之多與數量之多，就可體會出巴黎人與咖啡店的關係。巴黎人可以與老婆離婚、可以不要情婦，甚至也可以不要上帝，但沒有辦法與咖啡店「離婚」。

戴高樂飛機場是法國的門戶，更是巴黎的門戶，從一腳踏下飛機，在這個「門戶」上，觀光客就會看見咖啡店，而店中的人總是面前一杯咖啡、手中一份報紙，洋洋自得之情，似乎忘了飛機的起降。在巴黎最大的幾個大百貨公司裡，在頂樓部分，必有一個或多個不同情調、不同價格的咖啡館，目的就是抓住非咖啡不可的消費者。一般人對巴黎的印象是，什麼轉角的地方都可以看見咖啡館，哪怕是那條街安靜得似乎沒有行人。

巴黎的這些咖啡館，有些從清晨開到半夜，有些從不打烊，而奇怪的是，就是在深更半夜，它也不愁沒有客人。如果到了節慶的時候，在這些咖啡店裡更能看出巴黎人夜貓子的性格，全城的燈都黑了，只有咖啡館的「眼睛」還亮著。

那麼巴黎人在咖啡館裡只飲咖啡嗎？不！絕不！巴黎人在咖啡館裡大練口才，什麼明星、英雄、公主、政治家、政客、騷人墨客、足球、性、選舉、新書……等，這些都是他們端上來的菜，都是他們練口才的東西，他們可以與素不相識的陌生人滔滔不絕的雄辯三天，外人還以為他們是知交呢。當然，他們談論最多的還是性，他們自己家裡的性、自別的咖啡館裡聽來的別人的性，這些性也許是在一個世紀前發生的，也可能是在昨天夜裡發生的，因此還是火辣辣的、「新鮮的」、「味濃的」。

巴黎人為什麼如此迷上咖啡館？如果眞要說明原因，並不是咖啡館裡有什麼炫奇，也不一定是咖啡特別香醇，而是在咖啡館裡沒有階級、沒有年齡、沒有學問高低、沒有種族之別，更沒有孤獨、寂寞、壓力，也沒有網路之煩，有的只是輕輕鬆鬆……哦，哦，哦，幾乎忘了告訴你，巴黎咖啡館原是女人的禁地，只有近些年來，一些觀光地區的咖啡館受到觀光事業的「污染」，這才開放給外國女人了，因爲那些女觀光客或多或少是慕巴黎咖啡館之名而來的，她們不明究理，一屁股坐下去就不走了，咖啡館沒有辦法不任她們「占領」，但街頭轉角那個沒受觀光文化污染的咖啡館，仍是原裝的巴黎味，一個嬌滴滴的外國女觀光客如果能坐在沒有被觀光文化污染的法國原裝咖啡館裡三分鐘，而不臉紅、不奪門而逃，我請客！

不過，也不盡然，近年來巴黎出現了一些現代化、有現代感的創意咖啡館，這些咖啡館用另類方法吸引有深度的顧客，不但有音樂演奏、手風琴、網路，甚至還有代洗衣服的服務，這種新式咖啡館男女「通吃」！因此巴黎人更振振有詞的說：「誰還要回家呢？」

✿建於1578年的新橋，老態龍鍾否？但別相信它，因為它是幾度重建的，最近的一次重建是1999年。

哲學加咖啡

世界清談之風起自世紀前希臘的蘇格拉底時代，後來這個清談之風隨著文明的演進、歷史的改變、政治的起落，不時的停停續續，巴黎當然也在這個時代裡清談或不清談。十八世紀時，巴黎又出現清談之風，但還是未能持久，在十九世紀前葉就消失不見了，不過法國很懷念這些清談的日子，因此一直努力再回往日情懷，幸運的是，這些努力並未完全落空，近些年來這些清談之風又出現了。

這一次的清談之風，與以往略有一些不一樣，以往是由哲學家開創清談的局面，這一次清談之風卻是由巴黎咖啡館首先揭開。

巴黎燈塔咖啡館（Cafe des Phares）是一個「小」咖啡館，它只有不多的椅子與桌子，當顧客多時，只少數的客人有椅子坐，大部分的客人得罰站，但這「小」咖啡館的知名度不小，每日買站票的人不在少數，特別到了每個星期天舉辦哲學講座的時候，更是人山人海。哲學講座在每星期天下午舉行，每次兩小時。

從前有些學者認爲，哲學是專家的事，一般人是沒有插嘴能力的，但現在觀念改了，小人物也有小人物的哲學，也有談哲學的權力，不過在哲學講座上，目前還是由哲學名家解答各界對哲學的迷思，不過由於哲學的普遍發展，這風氣已愈來愈濃。

一個哲學家對哲學講座的轟動、對哲學愈來愈普遍的現象做了解釋：「如果古希臘未暴發民主危機與內戰，雅典不會誕生哲學；如今我們正面臨民主危機，也許科技已凌駕人類思考的能力，這正是哲學講座搶救人類心智的努力！」

不瞞你說，你在巴黎遇上哲學咖啡講座的機會極少，但只要留意咖啡館的動向，一定會遇上的，因爲這一次巴黎人沒有瘋，咖啡館會在半個月前，把它們邀請來的哲學家、討論主題，以及日期、時間，張貼在它的門上，屆時請帶著你的哲學思維來杯哲學咖啡。

櫥窗模特兒

荷蘭妓女自己把自己「陳列」在櫥窗裡，把自己當貨品，從而引誘可能的顧客，這是荷蘭阿姆斯特丹紅燈區的一景，它曾受到全世界女性的撻伐，但它不為所動。那麼把活生生的人放在櫥窗裡展示內衣呢？那又會是什麼情況？

一九九九年四月，巴黎最大、最現代的拉法耶（La Fayette）百貨公司就來了這樣一次展示，櫥窗裡的女模特兒穿著敞開來的浴袍，讓人看見她裡面穿著的香奈兒湯瑪斯牌（Chantal Thomas）的女性胸罩和內褲，女模特兒作狀塗指甲、聊天、看書或做菜，但與阿姆斯特丹紅燈區不一樣的是，它並沒有性挑逗。

這是最新的廣告術？是色情的宣告？是藐視女性？還是庸俗的表演？據拉法耶百貨公司自己說：「這是一個在美觀的佈景前的一場免費表演，一點也不庸俗，所有的模特兒均獲得指示，眼睛絕不直視顧客，因此可避免一切引誘性的接觸。」「典型的婦女場所，以及上等品味和法國品質的國際象徵。」「本公司忠於創作、時尚、現代化，領導時尚，從未背離人性和道德價值觀。」……但是儘管拉法耶的說詞很動聽，社會的反對力量還是不小，其中以Mix-Cite組織的反對力量最大，他們批評求拉法耶「這樣對待女性，將她們壓低到貨品的層次，不論對模特兒本身、或是我們這些非自動的觀眾來說，都是一種墮落。」

但是拉法耶又說話了：「我們曾用同樣的方法在一九九六年以男性模特兒展出男性內衣，你們怎麼不說是對男性的墮落？」

交戰的兩方似乎都有理由，其實說穿了，這是「色情」的問題：男性可以在櫥窗裡活生生的展出男性內衣，女性卻不能在櫥窗裡活生生的展出女性內衣，因為在巴黎男人的眼睛裡，女性與色情的關係是連在一起的，女人自古以來就是「色情」的代表，男人卻不是，好像巴黎天底下的所有色情壞事，全是女性幹的，這種牢不可破、貶低女性的觀念，才是引起巴黎人瘋狂的原因之一！

✿奧塞博物館有一個坎坷的前身，它原是火車站，後是郵局，現在展出印象派之後的繪畫，是巴黎最重要的繪畫博物館之一。

誰最容忍裸體？

如果把法蘭西人與日耳曼人比一比，誰比較「乖」？答案只要看看法蘭西人與日耳曼人公園裡的椅子就知道了，法蘭西人公園裡的椅子是可以移動的，愛坐在哪兒就坐在哪兒，日耳曼人公園裡的椅子卻是固定的，想坐在哪兒只有隨著椅子安排。

日耳曼人是世界上最井井有條的民族，相對的，法蘭西人就是世界上最浪漫的民族了，因此這兩個隔著一條萊茵河的國家頭對頭的打了兩次世界大戰，就不稀奇了。日耳曼人不論做什麼事都一板一眼，所有生活上的事都有法規規範，就像開車上路，如果沒有備用的橡皮手套，也算違反交通規則；晚上十時以後傾倒垃圾，也是違反清潔規則；星期天剪修花園，又違反生活規則；生小孩取的名字不男不女，更違反社會秩序法規……可是奇的是，電視連續劇不穿奶罩的裸體男女，卻在法規允許之內，因此有人說：「日耳曼人還是與法蘭西人有相同之點！」

可是這句話傳進法蘭西人耳裡，法蘭西人卻不願認同，法蘭西人說：「他是他，我是我！我們浪漫的原點不同！」

日耳曼的內衣廣告，都是光溜溜的女人，一些正經八百的新聞雜誌，它的封面幾乎全都比美國《花花公子》雜誌的「中間摺頁」的畫面更養眼，在日耳曼的公園裡，不時可見到三點全露的妙齡女郎，至於夜總會裡的舞客，全身披著「麵條」似的衣服，其通風無比之狀，如沒有衣服……哦，不要怕，這只是在日耳曼這個地區裡所見的普通「風景」而已，反觀浪漫成性的法蘭西人，在這一點上自嘆不如。

對裸體狂來說，裸體只是一個觀念問題，「有健康的身體就有健康的靈魂」，因此裸不裸體並不關靈魂，日耳曼人與法蘭西人都說：「只要遵守一切約定，就萬事ＯＫ。」

問題是：什麼「約定」？

東西德尚未統一時，東德人在波羅的海有三公里長的裸體海灘，西德人卻無，因此東德人嚮往西德的自由，西德人卻嚮往東德人的裸體海灘。兩德統一後，好奇的德西人湧入德東的裸體海灘，而德東人享受他們從來沒有的德西式的自由，可是當德西人在享受三公里長的乳波臀浪峰巒低谷之後，跑去對德東市長說，他們受不了了，他們要「一道布簾」，而德東人在享受德西式的自由後，這才發現他們原就很自由，起碼他們沒有那些動不動就違法的規則。

法蘭西人看到這樣的新聞，只聳聳鼻子：「像這樣的事，我們根本不上新聞！」

巴黎沐浴史

據說巴黎人不愛洗澡，據說法王路易十五一生只洗了三次澡，一是在誕生時，一是在大婚時，一是在入殮時。

法國人既然不洗澡，那麼身體發臭怎麼辦？別急，法國以香水著名，只要勤擦拭香水，不就解決了嗎？據說路易十五晚年，因病重無法上朝，他的大臣都被他阻在外面，在他宮廷裡來來去去的，都是女人，因此路易十五的宮廷有「香水宮廷」之稱，可見香水之多。

十八世紀以前的巴黎人，沐浴採的是羅馬式的，通常是一大「鍋」黃湯，一個一個像青蛙一樣的跳下去，因此簡直沒有什麼可談的，到了十九世紀初，巴黎人還是跟古羅馬人古希臘人一樣，在公共洗澡堂辦完人生中三次大事之一次，但此後的發展，就一日千里了。

十九世紀初，巴黎有案可查的公共洗澡堂只有七十八間，但此後的五十年間，就暴增到兩百五十間，而奇怪的是，幾乎所有的公共洗澡堂都在塞納河沿岸。但巴黎人眞正「懂」得洗澡，還是起於一八五〇年，因爲當時的香榭麗舍大道上出現了一間「水上健身房」，吸引了大批人潮，後來這個

「水上健身房」成爲巴黎人約會與洗澡的地點。

「水上健身房」有一個裝潢豪華氣派宛如劇院般的大游泳池，游泳池旁有兩座兩層樓的「雅座」，樓內畫棟雕樑，在巨型玻璃屋頂上，陽光可直接自屋頂照下來，因此健身房營造出一種特殊的浪漫氣氛，這在當時是相當前衛的休閒設計。有很長的一段時間，這個公共浴室成爲畫家描繪裸女且也是避開衛道人士叫罵的唯一「堡壘」。

但是這樣的沐浴，隨著巴黎人的道德觀，以及東方價值體系的影響，再加上衛生的考量，很快的就沒落了，因此健身房轉爲隱密。

古希臘帝王以擁有私人浴室爲特權、爲榮，巴黎人也繼這一觀念，十七、十八世紀法國王室成員雲集的凡爾賽皇宮，皇宮裡的私人浴室不下二十幾個，路易十六皇后瑪麗安東尼的家庭教師維爾蒙，就曾在他的私人浴室裡一邊洗澡一邊對一群主教及一群大臣講課，這股洗澡與教書之風，就連後來的拿破崙也依樣畫葫蘆。

爲什麼古巴黎人不愛洗澡？這有兩個原因，一是巴黎的天氣沒有大熱天，甚少出汗，再來天氣乾燥，有汗也留不住；二是巴黎缺水，想洗澡並不十分容易。但到十九世紀以後，沐浴的人漸多了，可是要塡滿一池浴水還是並不容易，後來商人發明「送水到府」服務，因此部分解決問題，到了十九世紀末，富裕之家的女性有了自己的「盥洗室」，也即今天的「化妝室」，當時巴黎人從英國引進了浴缸。

當浴缸最初引進的時候，因爲是新的摩登的東西，所以把它放在家中誰都看得見的地方，因此一人出浴，全家人都有目共睹，可是這個做法，卻又使廉恥的問題浮上檯面，因爲衛道人士認爲浴缸與人的身體過於親近，而不應「有目共睹」。二十世紀初，浴室逐漸成爲家中一個隱密的空間，但在二十世紀末，現代前衛的巴黎人，又重把浴室當做客廳的一部分，再度在一家人或客人的面前暴露身體，現代就是如此的。

以往巴黎愛裸體的電影明星們經常說：「只要劇情有需要，脫衣何妨？」今天亞洲愛裸體的電影明星也抄巴黎人的這句舊語，其實巴黎人的老祖宗早就爲洗澡而公開脫衣了，就是今天亞洲的黃毛丫頭也學得像，但也不過是後生之見，何必找裸體的藉口呢？那麼就勇敢的脫哇，票房看漲才是眞的。

✿由藝術橋遠眺新橋與西堤島。西堤島是巴黎最古老的一部分，遠處的尖塔即聖母院。

巴黎人的捨得

巴黎的浪漫中如果少了花，那就簡直不能想像了。

巴黎並不產花，巴黎的花大都來自鄰近的鄉鎮，或者外國，如荷蘭、英國，但幾乎每一個觀光客都知道巴黎是花都，因此巴黎花都之名不脛而走，其實巴黎人也並不一定特別愛花，而是願意爲花花大錢，其他人則否。

當然，巴黎人懂得怎麼匹配花也很有關係。

巴黎人在花藝上，對色彩的匹配，特別以一種「複雜」的心情來表現創意與浪漫，舉例說，靛藍、寶石藍、墨水藍、嬰兒藍、天空藍、土耳其藍……等等的藍，既錯不得，也涇渭分明，從這些藍再轉到淡淡的淺紫，再轉到紫中帶紅，一層層的鋪排出來色彩的變化，使巴黎的法式花藝必須捨得用料，因此巴黎人爲花藝投資頗大。巴黎人認爲百分之八十的浪漫來自豐富的素材，而後才是怎麼運用。

巴黎人認爲，名種花材都有屬性，舉例來說，太陽花、玫瑰、百合、飛燕草、鬱金香，都是浪漫的素材，海芋、天堂鳥、垂椒是熱帶風情，而向日葵則是中性，掌握這些花的屬性，當然可以創出創意，但不捨得素材哪裡有花藝啊？因此巴黎人收入的二十九分之一是用在花藝上，巴黎人為花而面不改色。

公益接吻

接吻有許多種，如親情之間的接吻、社交之間的接吻、愛情的接吻……但最近巴黎發明了「公益接吻」，他們與她們把接吻的廣告所得與電視轉播所得，捐給慈善事業。

主辦這次「公益接吻」的醫院說：「接吻的對象限定是情侶，每對接吻的情侶在接吻前先撥一通電話，那麼主辦單位就從電話上有一筆收入，雖是很小，但是是公益。」不過對什麼是「情侶」並沒有詳加說明，因此在接吻的「情侶」中，有人說，他們已認識數年，也有人說，他們只認識幾秒鐘！反正是公益，因此沒有人追究參加者的資格，主辦人說：「我認爲我們使巴黎的人心今天火熱許多！」

豈只是火熱許多，簡直是火燒到天堂了，因爲最短的吻是五分鐘，最長的吻竟是五小時又四十五分鐘！巴黎的情侶們爲公益使盡渾身解數了！

第三章

財

巴黎人不談阿堵物

巴黎人碰到朋友購買新屋、新車、珠寶或是任何值錢的東西時，頂多讚美新東西的漂亮、有趣、豪華或者品味，什麼好聽的話都可以說，但絕口不提花了多少錢，甚至連旁敲側擊間接迂迴的情形也不行。總之，阿堵物之事，提起就不是優雅的事了，自己也不是優雅的人了。

巴黎人不是不愛錢，而是不在人的面前提錢，巴黎人的這種忌諱，如果追究它的源起，頗耐人尋味，有人認為這是一種清高，也有人認為這是一種理所當然，但也有人怪罪到最初天主教提倡的清高的頭上。

天主教一向提倡清貧，尤其是痛惡放款孳息的賺錢行為。天主教清教徒相信，由於人類有原罪，故無法靠善行而滅罪，必須靠上帝的恩典才能獲得救贖，在工作上若有所成就，就可視為已受上帝遴選的象徵，因此致富不是羞恥的事，也不會受到指謫，除非因為生活淫亂或奢侈浪費，但炫耀金錢是不對的。

天主教認為，在正常的情形下，遵循利潤的邏輯，累積所得，才是致富之道，這似乎也是資本主義何以興起的原因。法國人似乎更進一步，他們的金錢觀念除了受到天主教的影響外，也受到國家財政與意識形態的壓力，君王常常消滅債主以便賴掉債務。

法國君王不僅向外國舉債，更進一步為粉飾太平，製造金錢低微地位的觀念，讓他的子民抱持著對金錢不屑的態度，以便他從而抽取重稅。十三世紀末，菲利普四世清算聖殿團騎士，就是賴債之濫河，從此帝王有了先例，以後的皇帝就有樣學樣了：一四五一年查理七世竟以他的情婦向他下毒為藉口，將挽救國家財務危機有功的賈洛克（J. Coeur）關進大牢，因為皇帝欠賈洛克一大筆錢；一五二五年法蘭西斯一世聯合他的母后，以貪污罪名處死他的財務總監，原因又是皇帝欠了他的錢；路易十四更以莫須有的罪名，將權傾一時的財務大臣福槐（Fouquet）抄了家，只因為皇帝看上了他的財產。

此外，在法國，個人的財富也是一種統治的手段，君王若想駕馭財大勢大的諸侯，勢必得表現得比諸侯慷慨，因此有時不得不自掏腰包才能服人。更在此外之外，法國大革命前，國王可以隨心所欲的徵稅，但為求方便，國王不將皇帝的開支編入國家預算，因此皇帝的私人花費沒有規範，皇帝為了個人享受，除了猛加稅外，不足的就向富有的諸侯借高利貸，根據經濟從屬的原則，這些諸侯自也是用加稅來應付皇帝的所需。這種永無止境的借貸關係，最後使法國的君主政體崩潰，不過在這長達三個世紀的諸侯向皇帝放高利貸期間裡，這些諸侯受到前人的歷史教訓，因此把其中的一

✿浮日廣場的國王樓，原是亨利四世的行宮。這是由浮日廣場外向浮日廣場遠眺的一景。

部分資金轉投資於私人產業，而這卻又是使私人企業得以興盛的原因，社會上也出現了一批領導菁英份子，這些菁英份子轉化成國庫股東或投機客。

在借高利貸給皇帝之事中，因有暴利可圖，於是王公貴人甚至大主教都插上一腳，他們透過人頭私下進行，避免了不必要的風險與尷尬，同時也可保持應有的尊嚴，國王則將昨日還唱反調的王侯將相變成了炒作投機者，穩固了國庫，也保住了威權。

由這些歷史可看出，錢最好收緊一點，別露白，露白之後總不是好事，但是諸侯良莠不齊，當這些諸侯轉化爲菁英份子之後，產生了很多社會問題。

法國大革命以後，社會開始反擊這些因戰功而受封的舊貴族，一批新的人開始了另類思考，大力提倡靠智慧起家的人，這也是「上流有教養人士」（honey home）的典範，即自由發揮自己的腦力。這正是法國法官誕生的背景，即依賴智慧活動表現專業能力，同時又保有貴族不應從事的謀利工作。

用今天的名詞來說，就是古之君主專政，以高利誘惑金融界，以及貴族在道貌岸然下私下牟取暴利，不過這個情形已漸漸的行不通了，因爲「上流有教養人士」

的觀念，漸漸根深柢固了，這進一步強化了反資本主義利潤的風氣，現在又拜教育普遍之賜，這些觀念一直流傳至今，這就是法國人忌諱公開談論金錢的原因，現在甚至有人懷疑，法國大革命不僅沒有革除法國人對金錢的嫌惡，且加深了這種舊貴族對金錢的觀念。

看，任何一個外國觀光客在法國度假時，不要不讀這段法國人與錢的歷史，在商業掛帥的巴黎，更是不要「問錢」，雖然在巴黎的每一個小小環節，都是沒有阿堵物都是「別談」！

✿注意名人祠上的這排金光閃閃的橫字，它的大意是：「偉人們，我們感謝您！」但別相信它，因為它在急速變化的政潮下，兩度被摘下，兩度鑴上去，那些摘下它的人，一點也沒有向偉人感謝的心！

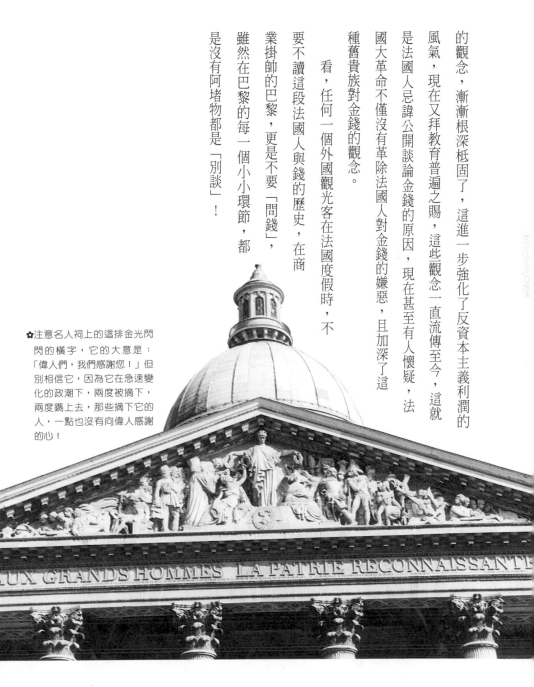

標準巴黎家庭

一個標準的巴黎家庭是怎樣的？別忙，且從一九九八年法國經濟暨統計局的最新統計中構建出一個樣版，裡面的「家人」或許全不認識，但組合起來卻是平均狀況：

這個樣版家庭的家長，姑且名之爲馬丁吧。馬丁現年三十八歲，比一九七〇年時的全國平均年齡多長了三歲，且也在近四十年間，把他的平均身高提高了六公分，現在的身高爲一百七十三公分，體重七十四公斤，他戴眼鏡，也許是隱形眼鏡，每個星期沐浴四次，而且還頗「浪費」，因爲他每天要丟掉一點一四公斤的垃圾，而在一九七五年時，他只丟七百公克。

他住在大巴黎區的一間獨立房屋中，這是他自己的房子，與他同住的還有他的太太，馬丁太太身高一百六十一公分，體重六十二公斤，另外還有「半個孩子」，因爲法國家庭平均有二點六個孩子，他們還「不及格」。夫妻兩人最早發生性行爲是在十七歲時，每次做愛時間長達十八分鐘，一年做愛一百五十一次，大約每三天一次——實情如此，除非他們自誇超人。

不論是何種職業，通常工人多於職員，平均收入爲一萬兩千三百三十三法郎，每年繳稅六千法郎，每日開銷為一百零三法郎。這只是總目，細目是：在外表的打扮上，每日為三十六法郎，在吃的花費上，是二十六法郎，注意，用在打扮的錢比用在吃的多，所以巴黎人個個「金玉其外」！而在吃的開銷上，又可再細分：在酒吧或咖啡店的花費，約為九法郎，這卻又比用在買衣服上的六法郎多了，因此巴黎人是一個很好的「酒桶」或「咖啡杯」。馬丁先生每年平均買六雙鞋，這是全歐洲最肯買鞋子的人，當然，他買的鞋都不是法國前外交部長杜馬先生穿的那種。還記得法國軍售台灣拉法葉軍艦回扣貪污案嗎？這位部長在位時，收到的疑似回扣之一就是一雙鞋子，一雙Berluti鞋，價值一萬兩千三百法郎，約等於七萬台幣。

馬丁先生吃一頓飯要花三十八分鐘，每天看三個小時電視，每年買兩本書，每年看兩次電影，通常是美國片。每年度一次長假，如果是在國內度假，就開著車子去，如果是在國外度假，就乘飛機。馬丁先生絕不會花七百五十法郎以上的錢買個什麼禮物或什麼東西的，以討自己喜歡，或討別人喜歡。馬丁先生每天打八分鐘電話，他可不會像他的鄰居德國人那麼喜歡上網，更不會把他的「靈肉」完全貢獻給電腦，法國只有百分之十七的家庭才製備了這個討厭的東西。

馬丁先生在二十世紀初葉每晚可睡九小時，現在只睡七小時，因為焦慮過多，並且每天抽四根香煙，但還是有疲累之感，因此馬丁先生一年看八次醫生，不過馬丁先生卻是歐洲最會吃藥的人，一年吃三十瓶藥，其中一瓶是鎮靜劑。

✿假如你到巴黎而沒有看到塞納河，那麼你就錯過巴黎的風流了。塞納河是巴黎的靈性，也是巴黎的歷史，你可以不愛它，但它卻很愛你。

在此之外，馬丁先生的家中經常保持三十三公斤的各式各樣食物，可以不假外求的平安度過二十二天。在文化上，馬丁先生以身為法國人為榮，但總認為巴黎的外國人太多了，不過卻不反對歐洲同盟。馬丁先生深信近年來生活水準較前下降，不過論購買力，自一九七〇年以來，倒是提升了百分之六十。目前馬丁先生每週工作三十五小時，另外還有三十五小時可以自由安排自己的生活，馬丁太太也是工作三十五小時，可是她只有二十七個小時是完全屬於她自己的，不過她已滿意了，因為這比二十世紀初葉她自己的時間已增加了三倍。

馬丁夫妻兩人最後在自己的公寓裡個別去世，馬丁先生得的是癌症，享壽七十三，馬丁太太則得的是心臟病，享壽八十一……

巴黎攬客術

一九九七年，共有六千五百萬人次來到法國觀光，一九九八年的統計數字尚未出爐，但預料約有百分之十的成長，因此法國一直是世界最大的觀光國。

法國預估每年約有三百億美元的觀光收入，但這觀光收入的絕大部分落入巴黎人的口袋，而其中，又以落入艾菲爾鐵塔的最多，因此艾菲爾鐵塔是巴黎的搖錢樹當可肯定。

艾菲爾鐵塔爲法國建築師艾菲爾（Gustave Eiffel）爲一八八九年巴黎萬國博覽會而建，在當年，這種建築理念還是很創新與前衛的，不過因爲建築成本太高，因此只獲得博覽會百分之二十的補助金，餘下的要自己想辦法，可是艾菲爾一

✿艾菲爾鐵塔建於1888年，是為萬國博覽會而建，現在是巴黎的搖錢樹，但也是「麻煩製造者」，因為每年都有人爬上去自殺。

口應承下來，當時巴黎人人都說：「艾菲爾一定瘋了！」

艾菲爾鐵塔始建之時，附近居民很怕鐵塔一夕倒塌，因此舉家遷走，巴黎上流社會的名流認為艾菲爾鐵塔太醜，聯名齊表反對，一般巴黎人認為，鐵塔「割破了巴黎優美的天空」。在反對者中，尤以法國知名作家莫泊桑為最，他挖苦這個大而無當只有炫耀財力的鐵塔說：「也許只有站在鐵塔上，才能欣賞巴黎的美！」但最多的批評也許還是：「巴黎瘋了！艾菲爾瘋了！天空瘋了！」

根據合約，建成的艾菲爾鐵塔，艾菲爾擁有全部經營權，但在博覽會後的十年內，必須拆掉，因此艾菲爾鐵塔只是一個臨時建築，並沒有長計。

艾菲爾鐵塔建成揭幕後，最初的幾年，每年只有二十萬參觀人次，後來增加到八十萬人次，但仍不敷建築成本，因此艾菲爾是賠錢經營的，可是艾菲爾還是堅持下去，當時巴黎人說：「艾菲爾簡直是瘋了！」

十年期滿，依合約艾菲爾鐵塔必須拆掉，在這時候，艾菲爾以國防為由，為鐵塔請命，因為法國國防部已將最新的防空武器裝置在鐵塔頂上。巴黎人對艾菲爾的請命，又認為「艾菲爾瘋了！」但艾菲爾卻成功的把鐵塔保留下來了。

接著是兩次世界大戰，在第二次世界大戰時，巴黎被德國所占，鐵塔上升起了德國國旗，巴黎人視為奇恥大辱，那時巴黎人憤憤的說：「德國人瘋了！」從此之後，巴黎的地下軍反抗激烈，叫德國人甚爲頭痛。一直到一九四七年，第二次世界大戰已經結束，觀光業也已逐漸抬頭，因此艾菲爾鐵塔才有錢賺，巴黎艾菲爾鐵塔因而名揚四海，目前，艾菲爾鐵塔平均一年中約有五百五十萬人次觀光客，成爲外國觀光客眼中巴黎最受人歡迎的景點之一。

一九七九年，巴黎市長席哈克（現任法國總統）收回艾菲爾鐵塔經營權，並爲艾菲爾鐵塔大大整容一番，當時鐵塔已年高九十了，不但建築老化，結構也變化了，因此爲了觀光客的安全，不得不如此。

這次「整容」，巴黎以新鋼架抽換了老舊的鋼架，並換上現代的電梯，連照明也重新來過，全部共花了十二個月的時間，共花了五億美元，鐵塔也因此抽換上現代鋼板，因而「減肥」了一千三百噸。不過巴黎市政府的這些投資，很快的就賺回來了，因爲巴黎鐵塔除了門票收益外，還有六家餐館、七家紀念品店、電影、錄影帶、商業廣告的拍攝版權，一年的收益就有近億元美金之鉅，而且更好的是，這些收益，不受經濟景氣或不景氣的影響。很少人知道艾菲爾鐵塔是有專利版權的，如以艾菲爾鐵塔做背景拍廣告、拍電影、拍任何有營利的東西，它都要收版權費。

這一次，瘋的不再是巴黎人了，而是全世界的觀光客！

近二十年來，艾菲爾鐵塔的觀光客更急速增加，預估公元二〇一三年遊客將飽和，巴黎市政府爲未雨綢繆，艾菲爾鐵塔有了擴建的計畫。目前艾菲爾鐵塔高三層，全部面積不超過三千平方公尺，向上增建的可能微乎其微，倒是向下發展大有可能，依據擴大計畫，鐵塔的底部將深挖兩層，可供停車四百輛，並建一個地底下四通八達的出入口，約需經費六千萬美元。

對作爲巴黎搖錢樹的艾菲爾鐵塔來說，經費不是問題，但計畫剛剛出爐，巴黎人就說話了，巴黎人怎麼說？你且聽：「怎麼，巴黎人又瘋了？」

✿中國兩瓷人咖啡店是巴黎最重要的咖啡店之一，巴黎有所謂「美好時光」，它就是揭開這浪漫時代者之一。作家克勞岱、沙特、卡夫卡、莒哈絲……，經常都是它的座上客。沙特的「存在主義」、卡夫卡的「異鄉人」，還有法國「新文學」，都是在這裡腦力激盪中產生的。

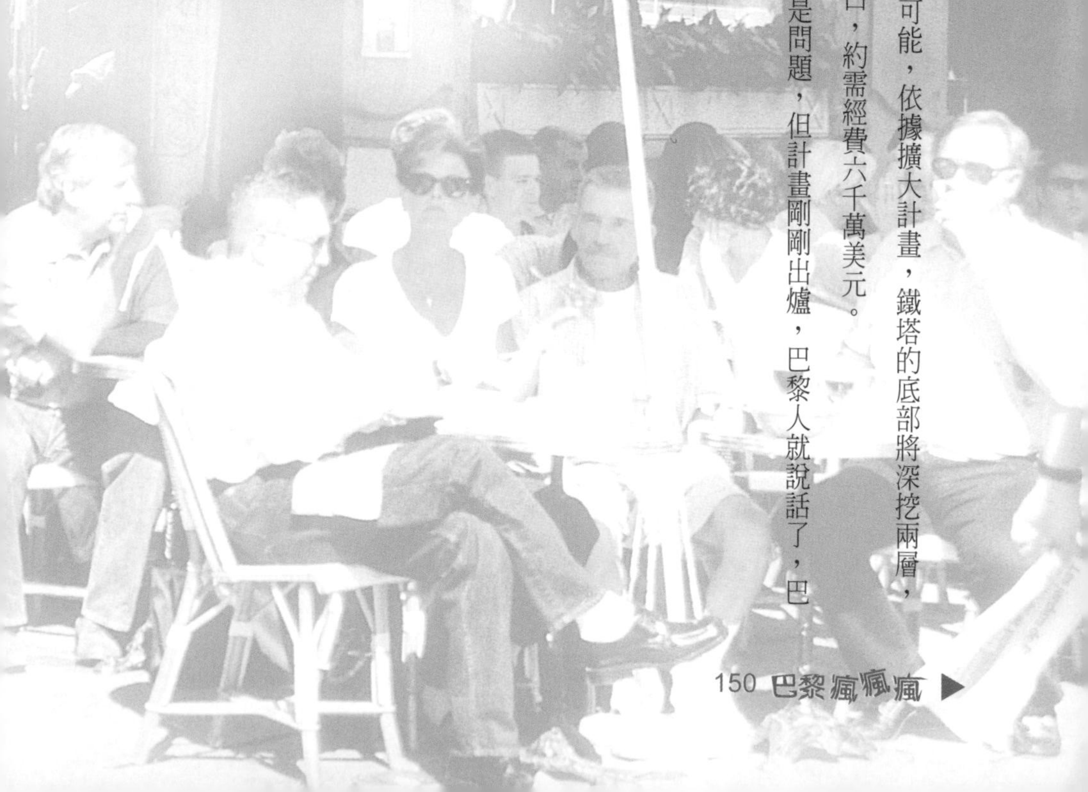

活在自己的世界裡

巴黎有一批人，專門活在自己的世界裡。他們不是窮人，也應該不是平凡之輩，他們仗著祖蔭庇護深厚，另成一個世界，他們活在自己的世界裡。他們是誰？他們是沒落的貴族。

法國當今還有一批世襲的貴族，今天貴族的頭銜似乎十分刺眼，於是他們搖身一變，或者以大資產家出現，或者以某某財團出現，他們自成一族，他們的生活、教育、文化或財務，都採集體式，嚴拒外界介入，並與一般平民劃清界線。

這些富有的大家族成員們，每人一生下來就繼承一個封號、一座古堡，或者一筆豐厚的財產，他們爲了長期保有這筆世襲的財產與地位，絕不和別的社會階層相混合，他們只參加圈內人的應酬、舞會、雞尾酒會、晚餐，結婚的對象當然也絕對是同樣的貴族或大資產階級，他們的生活是奢侈的，當然他們也不必工作。

✿艾菲爾鐵塔也有「巴黎貴婦」之稱，但一百年來，「她」的四隻腳站得太累了，因為七千噸的重量實在太重，「她」如不減肥，怕是立足亦難，不妨快替「她」想一個辦法，「她」怎麼減肥？

✿巴斯底廣場。1789年，巴黎人攻破巴斯底監獄，在原地建了巴斯底大銅柱，許多人在這裡斷頭。今天，廣場上政治氣味猶濃，因為每年的示威、遊行都少不了這個地方。每年5月1日的勞工節，更是非這個地方莫辦。

他們自成一格，就連教育，也是自成一家。他們上貴族學校，所學的多是文化方面，少部分也有社會學與國際學，因爲貴族學校的主旨是在聯合不同國籍的富貴階層，傳道解惑反是次之，因此整個學校幾乎是國際社團。在社交上，因爲大人們不需工作，參加開幕典禮、上歌劇院、參加電影紀念會……，卻成了工作，孩子們則集體參觀博物館、紀念祠、畫展等，爲了送子弟入貴族學校，家長每月要繳一千美元的住宿費以及一千五百美元的學費。

雖然現代是自由戀愛時代，但貴族的門當戶對觀念還是很重，他們不愁沒有可堪匹配的配偶，貴族學校的集體教育、貴族宴會，都有助於貴族與貴族的通婚，尤其是他們自小就被灌輸一種高人一等的觀念，他們從思想上就不會愛上非貴族的對象。

貴族的金錢也是集體的管理方式。大銀行裡，一定有管理大財產的特殊服務，實施一種集體的財務政策，同等禮遇他們的貴族客戶。

貴族最不喜歡別人問他的職業，其實在貴族中，只有少數貴族無所事事，有些貴族卻是銀行家、企業家、律師、會計師或是藝術品收藏家，他們不喜歡做醫生，因爲醫生「對手的時候太多」。在他的社會運轉中，他的關係網比他的職業來得重要的多。

✿巴斯底歌劇院建於1988年，是一個現代建築，也是巴黎很重要的一個歌劇院。

絕大多數的貴族住在巴黎第七區，因爲這一區是巴黎高級住宅區，裡面有許多上流社會的名人，不過最重要的還是，這一區裡住了許多手握大權的政治家，因此治安最佳。第七區一直受政府保護，以防它商業化，同時禁止外地人入據。

那些世代富有的貴族，其實相當矛盾，他們很願把自己的美宅改變爲商業用途，以便賺更多的錢，但他們世襲的觀念，又叫他們不能這樣做。貴族們必須小心翼翼的維護他們世襲的生活圈，連旅行也不例外。貴族們有貴族專屬的海灘，不與一般人在一起；貴族有貴族的游泳池，也不與一般人在一起；總之貴族要與一般人劃清界線，他是貴族，而你是「一般人」。

巴黎人說這些貴族是「瘋人圈」，但是幾百年來，「瘋人圈」愈來愈有特色，也愈來愈「瘋」，什麼？灰姑娘想飛上枝頭做鳳凰？那麼先打聽入門之道吧，它一定是「門也沒有」！

法國豪門怎麼過活？

法國豪門住在深宅大院裡，他們怎麼過日子？

法國幾乎所有的豪門大家，就算自己有一個能言善道的嘴巴，也絕不提自己，也不提其他豪門的祕密，對他們在銀行裡豐厚的存款，當然更是不提不提絕對不提，不過他們不屑與一般白領階級打成一片，他們自成一個體系，如果用他們自己的話說，這是「應周旋在懂得掌握桌面上的人物之間」。

什麼樣的收入才算富裕呢？一般說來，月入八千美元就應該算是富有了，但在法國，這話不一定行得通，正確的是：「能夠享受到資產之利的人，才算是富人。」這句話的眞意是：「要有龐大的產業、並能從產業中提取收益的人。」

法國針對全國三萬九千個、資產在一千萬美元以上的特殊族群家庭生活習慣所做的分析調查，這些人的生活當然過的不錯，但在富豪前一百名的眼中，就沒有什麼可羨的了。這前一百名富豪，每人的資產起碼在兩億美元以上，每小時最少有四千美元的進帳，誰還能比？

法國的這些頂尖富豪們，大都居住在巴黎第七區，這一區因而有「都中之都」之稱，此「都」當然是「富人之都」，但這些豪門們並不同屬「一國」，他們的出身，有的是銀行、鋼鐵、紡織、企業，也有些是皇族或貴族的後裔，也有些是經商致富後來登場的人物，因此各家族之間，

✿拿破崙喜歡打仗，但打仗也造成傷兵累累，軍事博物館的前身即榮民醫院。目前榮民醫院只占軍事博物館極小的一部分，是世界知名的復健醫療中心。圖中所見是軍事博物館的內庭。

壁壘分明，各家有各家的家法、規矩以及勢力範圍，他們只在金錢上合作。

白手起家的新貴與世襲財富者有很大的差別，當老舊貴族受到新富階層的威脅時，老舊貴族自然很快的透過婚姻關係來結盟，但他們對躋身進來的新貴族頗不屑，他們連生活品味也自成一格，就像一家銀行的廣告如是說：「咱們不談帳簿裡的財富是多少，咱們只談成色，最佳的是悠久傳統！」

上等有錢人的日子是怎麼過的？不妨一窺其竅：

誕生：巴黎富豪幾乎所有的成員都誕生於貝爾維代醫院或聖伊莎貝拉醫院，這是「唯二」的大門。

取名：通常都以祖父母的名字命名，最常見的名字排行榜是：瑪麗、安妮、勞洛、奧德、貝郎傑、塞戈來恩、蒂凡尼……，較傳統一點的有安夏洛特、愛德華、查爾斯、亨利、提摩蒂、阿貝里、莫里亞、唐吉……，當然，也有少數人跳出傳統，不過跳出傳統就差不多等於向貴族圈告別了。

入學：貴族子女上的都是私立教會學校，且必定校風嚴謹，是一般人不會花大錢的學校。

施洗：豪門家庭都會給子女找一個教父或教母，人選以家族中人爲優先，而受洗的袍子一定是祖父母的，受洗儀式極爲莊嚴。

運動：通常男性以騎馬、草地網球、曲棍球為主，女性則以騎馬、舞蹈、游泳為主。

音樂：通常以鋼琴或提琴為主，亦可自選。

社交：三到七歲，只有在生日那日有社交活動，通常由母親主導安排，如購買蛋糕、裝潢會場、設計活動……頗似童子軍的活動。

七到十二歲，生日例由母親主導準備，但每個週末多了童子軍活動，這個活動在少年時代占了很重要的分量。

十二歲到結婚，可以自行參加朋友的聚會，或親友的婚禮。

結婚：婚禮一定在教堂舉行。離婚率相當低，是法國一般離婚率最低的。

家庭：起碼有三個孩子，六、七個不算多。

穿著：女性方面，平日羊毛衣或粗呢西裝，Celine牌平底鞋，有時也穿香奈兒套裝，其它名牌也有，對聖羅蘭、迪奧……等，似乎缺乏興趣。

男性方面，平日法蘭絨外套、藍色襯衫、駱駝絨格子大衣，品牌則愈著名愈好，並無特別偏好。

住處：巴黎市內，不外第七、第八、第十七、第十八區；巴黎市以外，則不外布隆與凡爾賽。

……巴黎的這些孤獨而有錢的上流社會人，巴黎人稱他們是「體面的瘋子」，因為他們是那麼的

✿蒙馬特山丘上的畫家市場，畫家正揮汗工作。買一幅畫吧！如果有一天他們成名，那麼你現在買的這幅畫就價值千萬了。

與一般人不同，他們的生活似乎沿著一條古老的化石路線，不管時間是怎麼的演變，節奏早已定裝了，他們瘋得寧願孤獨！

法國新貴

在全世界上，一夕致富的人頗多，但這些人通常都得不到尊敬，因此人稱他們是「暴發戶」。

巴黎人對暴發戶另有別稱，稱他們是「錢瘋」，因爲他們依恃錢多，只知瘋狂享受，有時一擲萬金，眼睛眨也不眨，好像這些鈔票像廢紙一樣的。那麼巴黎的暴發戶眞正過的是什麼生活呢？這，不妨記錄那些有幸成爲暴發戶家庭一員他的一生：

從出生至五歲：新寶寶當然要在巴黎近郊的美國醫院誕生，費用約爲四千美元，從此之後，離不開保姆與名牌。

五歲至十六歲：平均每年的行頭約在四千美元到五千美元之間，遇到生日，身穿香奈兒等名牌、擦「毒藥」的女性長輩們，拿著印有「藍火車」圖案的禮物趕來參加生

✿蒙馬特山丘。這些人是為欣賞人還是為欣賞畫而來？

日宴會，節目不乏名丑角的現場眞人表演。

十三歲至十八歲：讀私立雙語學校，出國旅行，特別是美國。暴發戶成員與暴發戶成員之間，十三歲起就有所謂的「菜鳥舞會」，讓年輕人彼此認識，從而找到另一半。不過暴發戶還是暴發戶，他們無法躋身貴族階級，他們無法邀請貴族子女，他們只有在克里宏飯店（Le Crillon）舉行，花比貴族更多的錢。

十八歲至三十歲：暴發戶子女不是進美國著名的商學院，就是進美國哈佛法學院，當然最多的是什麼也不做，只幫老爹花錢。有一個趣譚，一個老師專訪暴發戶，老師說：「令郎的功課愈來愈差了，他甚至連拼字也拼不出來。」沒料暴發戶說：「沒關係，將來他有祕書！」

這些遊手好閒的公子哥兒們，成年後第一件大事就是大肆採購，保時捷、勞斯萊斯、賓士，這些只不過是玩具，飛機都有可能，至於小姐們，每天一直吊著嗓門呼叫女傭來來去去的事就讓她們煩了，珠寶當然是像垃圾一樣隨處亂拋的。

三十歲至退休：移民至法國南部地中海的「身統白」（St. Tropez），乘坐的汽車當然是有司機開的勞斯萊斯，一有空就乘機南下回家休息，順便探探新購的遊艇。

暴發戶喜歡搭直升機到諾曼第度假，因爲不想沿路受塞車之苦。到了目的地，一頭栽進賭場裡，一次賭金在兩萬美元以上。

假如暴發戶希望服務員記得他的名字的話，就得常給小費，因此他們經常心甘情願的付出，因爲他們喜歡被人認出來。他們爲了沽名，不惜花大錢租下法國網球公開賽的包廂座位，最好是靠近演藝名流的座位，有時還會自掏腰包參加義賣舞會，目的是希望媒體把他的玉照弄上頭版，最後若能以天價買什麼頭銜，榮登名人錄，那才是過足了富豪癮，死而無憾。

……他們瘋了嗎？不！他們的錢多得叫他們瘋了！而巴黎是世界上少數允許他們瘋瘋瘋狂狂狂的城市之一！

✿蒙馬特山丘「畫家市場」的畫家親自向你兜售他的作品。有人說現在向這些畫家們買一幅作品，如果日後畫家成名，那麼這幅作品就價值連城了。是的，不過這是天真的想法。查看巴黎市政府的檔案，二十年中，在這畫家市場擺攤的畫家，無一個曾經成名！

富不過三代？

「龍生龍，鳳生鳳，老鼠生的兒子會打洞。」這是一句古老的中國諺語，如果把這句話用在巴黎人身上，似乎也是一樣。

法國社會學家札爾卡（Zarca），以法國家庭的演變爲題做了十五年研究，結果他發現，家庭的上一代，把自己的事業傳給下一代的情況，多得十分驚人，在上流社會中，這種情形更有擴大的現象。法國人原以爲法國愈來愈民主之後，社會各階層的屏障一定會很快的消失，可是由他的研究裡知道，其實錯了，「所謂社會地位的提升，主要是靠國家經濟力的轉變，如產企業的驚人發展，而不是平等意識。因爲產企業的驚人發展，增加了許多高級職位，這不是上流社會人士所能獨攬盡的。」他說。

法國「全國科學研究中心」（CNRS）指出，儘管如此，「一個幹部的兒子，比一個工人的兒子成爲幹部的機會大四十倍。」「各階層不平等的情形仍很嚴重，現在也看不出縮小。」

目前巴黎三十歲到五十九歲的中年人中，有三分之一以上與其父輩同屬同一社會階層。在提升

✿藝術橋上的小藝術家。

社會地位方面，學校所起的作用不大，首先，大學文憑已不能保證獲得一個高水準職位，其次，大學生入學的情況，也是社會地位愈高者，其子女的入學率愈高。再其次，從事更高深知識的人，也多是那些社會地位愈高者的子女，因爲一般人家的子女到了這個階段，大都急著要找一個工作糊口了。

誰說富不過三代？巴黎卻是愈來愈富！

✿威當廣場上的麗池飯店，是名人的天下，廣場上的人，就為了一睹麗池飯店的明星們。

出租羅浮，出租凡爾賽

羅浮與凡爾賽都曾是法國的皇宮，在一般人的觀念裡，它的華麗自是不凡，但因爲它是皇宮，所以一般人無法接近，但法國自把皇帝送上斷頭台之後，這兩個南天仙宮，人人都可以買票參觀了，可是有些人還是覺得它距人太遠，因此對它沒有興趣。

如果眞是如此，那就很可惜，因爲現在任何人都可以住在裡面過過皇帝的癮。皇帝舞會、皇帝晚宴、皇帝遊園……，只要是皇帝曾享受過的，你也有一份，所不同的是，皇帝享受的全是人民的血汗，現代人的皇帝享受的卻是自己的錢——租來的皇帝的豪華！

今日的羅浮宮與凡爾賽宮，一切「有價」，

✿這是蒙馬特山丘的登山之路，也是巴黎最「高」的路，更是全巴黎最上鏡頭的路。它的著名，就是它在大白天時也是鬼氣森森，因此拍鬼電影、間諜電影時都少不了它。

在凡爾賽宮桔園裡辦一次一千五百人的超大型舞會，眞是美死了，代價是六萬美元；在凡爾賽宮路易十六大婚的教堂內舉行一次同樣的婚禮，代價是十萬美元；在凡爾賽宮鏡廳、戰廳開一次雞尾酒會，代價是七萬美元……巴黎人沒有瘋，是訂位的人瘋了，想訂位的人還得耐著性子排隊呢，起碼半年後見！

世界大企業想弄個什麼宣傳，找羅浮宮或凡爾賽宮就成了，一九九八年巴黎世界杯足球賽期間，羅浮宮痛也沒有痛的就從朋馳、寶獅、萊雅、萬事達卡等企業刮下來兩百萬美元，巴黎人眞會利用皇帝賺錢！

✿位於盧森堡公園裡的盧森堡宮，建於1615年，是亨利四世的皇后麥迪奇所建，因為她很懷念故鄉義大利翡冷翠她出生的庇蒂宮。法國大革命時，盧森堡宮變成了監獄，再下來是督政時代的辦公室，今天是法國國會議員的宿舍——他們是「不同」的犯人。

✿聖日耳曼教堂是古羅馬式建築，不過現在所見到的樣子已是幾度重建了，它很「高」地聳立在拉丁區的心臟位置，附近都是小吃店與咖啡店。

第四章

氣

PC
Au Pied de Cochon
Les Frères Blanc
RESTAURATEURS A PARIS
Ouvert jour et nuit

不吵不鬧不是巴黎人

做一個巴黎人，首要的條件是口才佳，其次才是才幹。巴黎人要想口才佳，一點也不難，因爲全巴黎兩萬五千家咖啡店都是訓練口才的地方，至於才幹，口才佳的人自然能爲自己做廣告，所以巴黎出身的政治人物，十有九皆是口若懸河之輩——但也僅是口若懸河之輩。

一八七〇年代，巴黎要建艾菲爾鐵塔，此舉嚇壞了巴黎人，有人擔心它的安全，有人擔心他的腦袋會不會被倒下來的鐵塔砸扁，有人擔心「它劃破了巴黎美妙的天空」，名作家莫泊桑很諷刺的說：「欣賞巴黎最美的地方，就是站在鐵塔上！」……於是建鐵塔的與反鐵塔的吵成一團。

當一九七七年巴黎要建一個龐大的、極前衛的、類如化學工廠一樣的龐畢度文化中心時，巴黎人又吵吵鬧鬧起來：「什麼？搬一個化學工廠來幹什麼？」當巴黎要在十六世紀的皇家庭園裡建一個極現代的貝倫地下噴泉時，巴黎人又吵吵鬧鬧起來：「什麼？把現代的東西搬到十六世紀的皇家庭園中，這是什麼不倫不類呀！」……。

當巴黎在一九八三年整建羅浮博物館，並在羅浮宮十五世紀的廣場裡建一個古埃及式的現代玻璃金字塔時，巴黎人又吵了起來：「什麼？現代玻璃金字塔？它與羅浮皇宮能匹配嗎？」因此又吵吵鬧鬧了起來。

這些例子也多得數之不完，但是，注意，這些所有的吵吵鬧鬧，最後並沒有改變什麼，因爲鐵塔建起來了，羅浮的玻璃金字塔也聳立起來了，其它的也是一件件的落成，那麼當年那些反對的聲音呢？奇怪的是，如果不是那些聲音自動消失了，就是把反對的聲音改了，如莫泊桑的名句：「欣賞巴黎最美的地方，就是站在巴黎鐵塔上！」語氣不再是吃味，而是稱讚了。

巴黎人從吵吵鬧鬧中訓練口才，也訓練幽默，如巴黎興建貝倫柱時，爲了工地安全，施工單位用巨大的木板把工地圍了起來，爲了美觀，這些木板全是新的，並且很整齊，於是贊成的人與反對的人就把他們的意見寫在木板上，最後大約有三萬個人在木板上寫出他們的意見，後來一個新聞記者把這三萬個意見整理出來，並出了一本專書，由巴黎人評斷誰的意見最好，一時巴黎咖啡館裡又是吵吵鬧鬧，最後入選的一個意見是：「把貝倫柱拿掉，把這些木板保留！」極盡諷嘲的幽默！

巴黎人的可愛就在他們懂得何時吵吵鬧鬧，也知道何時不吵吵鬧鬧，吵吵鬧鬧與不吵吵鬧鬧都是藝術，也是幽默，而巴黎向來都是藝術之地。

想道歉的人眞多

做錯了事，除了盡力彌補因做錯事而造成的損失外，道歉往往是不能免的。但是有些人做了虧心事，事前事後都無人知，那麼還要不要道歉？

一個巴黎人在少年時代喜歡畫畫，但因家境清寒，無法供給他昂貴的繪畫原料，因此他常常到美術用品店裡去偷他所要的東西。可幸運的是，多年來，他的運氣一直很好，因此從沒有失風的紀錄。

當少年年歲漸長之後，漸漸的，他對他過去的劣行感到慚愧，他很想向美術用品店道歉，但他不願面對美術用品店東主道歉，也不願上教堂道歉，因此耿耿於懷，但他也想：「像我一樣的人是不是很多？」於是他設計了一條自動的、不含宗教性的call-in 道歉電話專線，並通過網路，鼓勵與他有同樣劣行而良心難安的人們，透過這個 call-in電話傾訴自己的苦悶與不安。

這個人想，「道不孤，必有鄰」，但卻不知道有多少「鄰」，但他不禁大大的意外了，因爲道歉專線一開始，就反應熱烈，有些少年人利用專線爲考試作弊道歉，有些成年男人爲外遇道歉，有些作奸犯科的人爲辯解或向受害人道歉……。

目前，「道歉專線」成立已十四年，有些道歉電話是從法國以外的地點打入的，因爲道歉電話太多，這個設立道歉電話的人，爲應付來電者的需要，近來添了一套四線的電腦語音系統，並出版了一本《道歉》雜誌及一套「道歉」卡帶。

瘋人瘋事業，只有巴黎才有！

✿羅浮博物館占地很大，這是方形庭院的入口。

人生最後的幽默

中國人認爲死者爲大，哪怕這個人生前無惡不做，最後墓碑上還是歌功頌德。巴黎人絕對不是如此，就是死後也要瘋一瘋，就是留下千古罵名也無所謂。

巴黎著名諧角非馬（藝名，Phimaa），在稅捐稽徵處的眼裡是大客戶，但不是好客戶，因此彼此關係很差，稅捐稽徵處動不動就向他開罰單，這把非馬恨得牙癢癢的，但非馬一直都沒有對付稅捐稽徵處的好辦法。一九三八年非馬終於死了，非馬也終於想到對付稅捐稽徵處的辦法了，因此他的墓誌銘是如此寫的：「好了，你終於得到我的『全部』了，你該滿意了吧？」

另一個巴黎人，生前對稅捐稽徵處也是一無好感，因此他的墓誌銘是如此寫的：「我一直不想見到他們，好了，現在我改變主意了，請告訴他們，叫他們來地下見我吧！」

一個巴黎風流鬼的墓誌銘：「睡在這兒的是亨利，他的老婆終於知道他今夜下榻何處了！」

一個巴黎老病號的怨言：「我『告訴』過你們，我病了，你們偏不信，現在……」

一個無神論者的墓誌銘：「躺在這兒的是一個無神論者，他已經穿戴整齊了，只是不知要去哪裡。」

一個可能是冤死者的墓誌銘：「吊錯了人！」

一個不想死的人的墓誌銘：「我早就料到這一天，只是沒想到來得那麼快！」

一個饒舌者的墓誌銘：「躺在這兒的是戴安娜，她的死都是因爲香蕉惹的禍。香蕉本身並不是叫她橫躺在這兒的原因，罪魁禍首是它的皮。」

也許這是這個人最後表演的幽默：「小心你的腳，我在下面！」

距離巴黎一百二十公里的一個小村，有一個「快樂墓園」，埋葬著許多一八五〇到一九三三年死亡的巴黎人，他們的墓誌銘，人稱「藝術」。一個生性樂天的女郎的墓誌銘：「我這輩子喜歡許多男人，愛喝酒，愛和英俊的男人消磨美好時光，但是，保羅，我的丈夫，只要你仍活一天，你只能想著我，因爲你再也找不到像我這樣好的老婆！」

一個屠夫的墓誌銘：「我殺了很多豬，吃了太多的肉，也許是肉害了我，四十三歲就躺下了！」

一個酒保的墓誌銘：「我有兩個老婆，一個是我的情人，一

個是我的女僕。」

一個交通事故的遇難者：「該死的計程車，他在整個巴黎都找不到停車位，卻把我家的門當停車場，我只好撞上他了！」

一個伐木工人的墓誌銘：「我酩酊大醉地走到森林裡，一堆木頭倒下來，剛好打到我的頭，你們這些還活著的人千萬別做與我一樣的蠢事！」

巴黎人死也不忘瘋狂！

✿浮日廣場建於1557年，原是巴黎上流社會人士的住宅，一度成為亨利四世的行宮，但也是巴黎貴族一言不合鬥劍決勝負之地。

巴黎祕書節

法國有全國性大節日，如國慶、新年、大戰勝利紀念日……等，法國各地方還有各地方的節日，這些地方節日有些與歷史有關，有些與傳統有關，有些又與產品有關，這些地方節日可說種類繁多，一時難於統計，大約來說，法國各地方的節日，每年總加起來不少於一千個，因此平均來說法國每天平均有三個節。

但在這些節日之外，法國人覺得不僅不夠，還很努力地再創新節，以瘋著名的巴黎人，在一九九五年創「祕書節」，這只不過是最新所創出來的節日之一罷了。

巴黎爲什麼要創祕書節？因爲巴黎是一個國際性的商業大城，在巴黎從事祕書職的人不下三十萬，有百分之六十七的巴黎老闆們認爲，祕書們終年辛苦，對巴黎的商業自也有一份功勞，因此巴黎應該有祕書節，「把巴黎三十萬祕書——其中百分之九十八爲女性——置於聚光燈照耀下」，於是訂每年四月的某一個工作日爲祕書節（日期臨時宣佈）；這是祕書節的由來。

在巴黎當祕書可不是好差事，必須要有三頭六臂之能。百分之九十七的老闆會要求他的祕書幫他尋找有關資料，百分之八十的老闆會要求祕書代他回覆信件，百分之六十一的老闆會要求祕書代爲安排飛機、餐館，百分之四十八的老闆會要求祕書代爲選擇辦公室設備或電腦，最後，百分之二十九的老闆會要求祕書代爲選擇送給其配偶的禮物……看，巴黎的祕書工作多麼多？所以巴黎人創一個祕書節，說來也應該是天經地義的。在祕書節那天，平日作威作福的老闆們送花給自己的祕書，藉以感謝她們「一年來已完成的工作」，叫她們快樂一下。

顧名思義，祕書節本應是一個很溫馨的節日才對，但是五年下來，瘋狂的巴黎人、特別是巴黎的大老闆們，有些人不肯再送花給他的祕書了，他們並非對祕書節有什麼反對，而是生怕由此產生誤會——想想看，一個大男人送花給祕書女郎，在外人眼裡，表示什麼？

巴黎老闆們想出來的瘋狂的節，瘋子又瘋狂的誤解這個節！

變質的民族大熔爐

形形色色的人形成了美國的文化，因此美國向有民族大熔爐之稱，巴黎也有形形色色的人，這些人形成了巴黎的文化，只是這個熔爐的「尺寸」比美國小一號，因此只能稱「民族小熔爐」。

來自世界各國的移民，早已成爲巴黎街頭的一景，這些人在巴黎與巴黎人一同呼吸、一同思想、一同生活、一同接受法蘭西文化，但不管是黑皮膚的、白皮膚的、黃皮膚的、紅皮膚的，一同成爲法國人，這是移民的想法，也是「熔爐」的基本精神，也更是地主巴黎的起碼要求，但是現在已有愈來愈多的移民，今天卻另有主見，他們只要成爲巴黎的合法居民，卻不肯在熔爐裡「熔入」，他們寧願永遠做巴黎的少數民族！中國人就是其一，「旅法」、「旅美」、「旅英」……等等，一個「旅」字，說明了這些中國人不肯與當地人混在一起的打算，因此只是抱著「旅客」的心情而不肯投入，哪怕這個「旅客」已在這個國家「旅居」三代或更久，在自己心裡還是把自己當成旅客——終身的「旅客」！

隨著科技的發達、旅遊的方便、經濟的全球化，以及就業機會的不平均，使「國際流動人口」

✿這些瞄準你的大炮曾替拿破崙打出美好的權力江山，現存於軍事博物館。

大增，一般「流動人口」都想取得他國國籍，有的是爲了個人生命安全，有的是爲了個人經濟利益，而更多的人是爲了「方便」——「方便」旅行、「方便」工作、「方便」商業競爭……因此入籍他國者，有相當大的比例並不是文化的仰慕，而是對自己有某種利益。

在這個心情下取得他國國籍，就像從銀行裡取得信用卡一樣，目的只是貪圖方便，一點也沒有認同它的意思，因此對國家文化的仰慕與忠誠已經沒有了。現在看看巴黎，在巴黎這個小熔爐裡，不管黑皮膚的、白皮膚的、黃皮膚的、紅皮膚的……各種人都有自己的集團，各種人只關心自己的事，各種人也都一致的堅決拒絕法蘭西文化，因此巴黎的「原住民」不禁搖頭，他們直接了當說出他們的不滿：「這些移民是『城中之城，國中之國』呀！」

看來點燃巴黎這個小熔爐的火苗已經油盡了。

巴黎「原住民」瘋了嗎?別的不說，單看看咱們中國人在巴黎的德性，就可一葉知秋了。咱們中國人在巴黎成立了許多各式各樣的「旅法某某同鄉會」，許多各式各樣的「旅法商業總會」，還有許多各式各樣的僑校、僑團，最後還有所謂的「中國城」，吃中國菜、說中國話、做中國人的生意、賣中國人的東西、請的是中國伙計、讀中國報紙、上中國學校、看中國錄影帶……這些這些，一點都沒有法蘭西文化，說好聽的，這是發揚中國文化，但看在巴黎「原住民」眼裡，這些自稱「旅居」的，有些人在巴黎已經「旅居」了好幾代了，今天還在「旅居」，已是巴黎的永遠的「旅客」了，但這些人仍不承認巴黎是他的家鄉，這不是分明拒絕做永遠的巴黎居民嗎？再看看所謂的「中國城」，這不是巴黎的「國中之國」嗎？巴黎「原住民」目睹這個情形，孰能忍孰不能忍？

巴黎人瘋了！他們不再以做熔爐爲榮了，因他們發現許多移民比他們更瘋，他們明明是「主人」，卻仍把自己當旅客！他們要這樣的「旅客」幹什麼？

吃出來的問題

「天下本無事，庸人自擾耳」，這是一句中國名諺，法國人也有一句名諺相對：「什麼事都是自己找出來的！」

一九九九年，設在倫敦的「歐洲觀察研究所」（Euromonitor）對世界七大工業國家公佈一項也許不爲所有愛好牛肉或漢堡的消費者喜歡的調查，因爲這個調查關係到每個人的「肚量」。

報告說，美國是世界上吃肉最多的國家，平均每人每年吃肉七十四・二公斤，義大利第二，平均每人每年吃肉六十一・七公斤，西班牙第三，平均每人每年吃肉五十五・二公斤，法國第四，平均每人每年吃肉五十・一公斤，德國第五，平均每人每年吃肉四十五・六公斤，英國第六，平均每人每年吃肉三十七・二公斤，日本排名最末，平均每人每年吃肉十八・七公斤。

但在這個數字後面，還另有一個數字：在花錢買肉方面，法國人的花費最大，平均每人每年花了三百八十九美元，德國人第二，平均每人每年花三百七十二美元，美國第三，平均每人每年花三百六十六美元，西班牙第四，平均每人每年三百五十九美元，日本第五，平均每人每年兩百九十九美元，義大利第六，平均每人每年兩百八十二美元，英國排名最末，平均每人每年兩百零六美元。

法國人看了這個數字，很不服氣，因爲肉品消費的多寡，代表國力，再說，這個數字中，明顯的可看出，法國的肉品價格高居世界七大工業國之上，因此巴黎經濟暨統計局（INSEE）也發表了另一個數字：目前全球每年的二氧化碳的排放量約爲七十億噸，這與牛肉消耗過多有關。法國認爲，如果世界七大工業國能削減消耗量百分之二十，牛隻數目也減少百分之二十——約爲七千八百萬頭，牧草地還本來的森林面貌，二氧化碳的排放量就會減少八千萬噸，這樣對全世界的環境保護大有益處。

少了七千八百萬頭牛，當然減少了呼吸，也減少了排放的二氧化碳，不過這不是全部。因爲少飼養七千八百萬頭牛，可省下兩千六百八十萬噸作飼料用的穀物，種植這些穀物所需的化學肥料也跟著減少了，從而使二氧化碳的排放量又再減少五百萬噸。

研究人員表示，前述省下來的穀物可以養活一億三千四百萬人，如此一來，約有一億四千五百萬平方公里的牧場可改來植樹，形成新的森林，它可以吸收五億兩千萬噸二氧化碳。

是的，如果眞這樣做，全世界都有福了，但是巴黎人怒吼了：「那麼我們不吃牛肉、不吃漢堡、不吃一切，我們的壽命是不是也減少了？那麼又少了多少二氧化碳呢？」

看來巴黎人瘋了，數字也瘋了！

與慾望拔河

法國美食，世界著名，如果硬把法國美食與中國美食比一比，據巴黎人說，法國美食是「除了中餐之外最好的」，其實這是巴黎人的謙虛，巴黎人從來未在任何時候、任何地點承認法國美食輸於中國美食。

巴黎人每天面對法國美食，怎麼辦？是拒絕呢？還是歡迎？因爲拒絕將使自己的口涎直流，歡迎又會使自己發福，眞是魚與熊掌！不過這個問題終於在一九九九年三月二十一日，由巴黎「爲增加人生樂趣從事研究的科學家同盟協會」（ARISE）解決了。這個協會發表了一些老饕喜歡聽的事情。

✿法國新科國會議員上任的第一天，必定先來盧森堡宮，因為他們要知道他們的權益究竟是哪些？有多少？

對那些不斷對我們說三道四的營養學家們，究竟要不要信任？答案是：一點也別信任他們！

爲什麼？

譬如飲酒問題，瑞典與法國建議大家攝入酒精量的程度不同，竟有一與十的差距，哪一個對？美國一項頗有權威的研究結果是，飲酒對心臟有危害，但不飲酒卻又增大了得癌症的危險，現在你靠哪邊站？英國一名醫生說少吃鹽可以使老年人減少高血壓症，可是另一名德高望重的醫生卻認爲，誰若是戒鹽便是大錯。

對於油脂，也是衆說紛紜。科學家早就一再宣佈黃油、奶油、全奶、炸薯片、肉類，都因含有高膽固醇而容易染上血管病，現在又說還有待再進一步的研究，報告清清楚楚的指出，英國有一個地方的冠狀病病發率不同，可是膽固醇含量卻相同。美

國專家們仍鼓吹少吃油脂，甚至兒童從兩歲起便限制食品的油脂含量，可是加拿大的醫生卻發出警告，擔心這種做法會使兒童患貧血症，或者發育不良。

太多太多相反的論調，叫人無所適從，因此有些科學家站出來，爲人類的口福說幾句話。「爲增加人生樂趣從事研究的科學家同盟協會」會員素質不低，其中不乏法國與英國頂尖的科學家，甚至於還有精神病科專家，但他們奮鬥的目標只不過是想保留咖啡、茶、酒、煙、巧克力、糖……之類日常生活中的小樂趣罷了。他們的共同宣言：「這些食品即使不能解決疾病，起碼可以減少精神壓力。人有權享受自己選定的人生樂趣，儘管有人說這有害健康！」

這種帶有搗蛋色彩的異端言論，沒料竟瘋狂的被法國美食引用，因此再揭巴黎美食之風，巴黎人眞瘋狂的想早見上帝！

通往絕境之橋？

在巴黎的塞納河上，原有三十五座橋，一九九七年時再增一座，共三十六座。這座新橋（千萬不要搞錯了，巴黎另有一座名字叫做「新橋」的橋）命名爲「戴高樂橋」，坐落在巴黎東南部，連接了塞納河右岸髒亂的辦公區與左岸的奧斯特里茲（Austerlitz）火車站，擁有六線快車道和兩線人行道。因爲巴黎市政府有意把這一帶開發成「新區」。

二十世紀八〇年代，好大喜功的法國總統密特朗，建了許多大而無當的東西，除了華麗外，就只能給觀光客欣賞了，如羅浮博物館的玻璃金字塔、拉德豐斯大拱門（La Defense Grande Arche）……，這些建築輕忽了實用性與節儉的美德，因此在這個角度上看，並不是好東西，但建一座橋不同，它有實用價值。

巴黎市政府爲這座橋投入了四千八百萬美元，誇稱它是「通往二十一世紀之橋」，並把巴黎東區的復甦重任也交給它，但是天算不如人算，大橋開工未久，就逢上經濟不景氣，可是受影響最大的還是房價，因爲大橋擔負著復甦東區經濟的使命，房子賣不出去，等於任務失敗，因此這些建築計

✿凱旋門起建於1806年，原是為紀念拿破崙連年大勝，但工程僅完成一半，拿破崙以兵敗聞，因此工程停工。凱旋門真正完工於1836年，當拿破崙病死後，他的屍骨在1826年運回巴黎，這是拿破崙第一次「看見」他的凱旋門，也是唯一的一次。

畫不是被逼取消，就是暫停。剎那間，巴黎東區由復甦變成了「絕境」。

戴高樂橋繼續施工，終在一九九五年完工，它原想紓解巴黎東區塞納河兩岸擁塞的交通，但也事與願違，大橋上終日只有車輛三二、行人數個，結果如計程車司機所說：「造了一座沒有用的橋！」再加上戴高樂橋建築的簡約設計、現代化的造型，也招來巴黎人的批評，因爲它閃亮的白色底面是依空氣動力學設計的，外型很像迪士尼樂園的單軌電車，兩側的支柱像反蓋的塑膠雞蛋籃子，這與巴黎塞納河上的亞歷山大第二大橋的華麗、皇家橋的古典、新橋的莊嚴，皆不相襯，巴黎人說：「看來它是絕望的！」

在世界最美的城市巴黎，出現一座這麼不施脂粉的橋，怎麼像話？於是瘋狂的巴黎人把戴高樂橋易名爲「絕境之橋」了，雖然地圖上不是那麼稱的！

新歐遊指南

最近一陣，巴黎人非常非常生氣，因爲一個美國毛頭小伙子寫了一本《新歐遊指南》（*New Guide for Europe*），極盡「惡言惡語」，把歐洲，特別是巴黎，損得很厲害，而這本書竟在美國大賣，這個小伙子似乎完全不知巴黎是名列世界第一觀光大城，每年七千萬人次的造訪，簡直是乳臭未乾的乳臭之言！

且看看這本書爲什麼招忌：

這個乳臭未乾的毛頭小伙子認爲，法國人卑鄙、瑞士人無聊、義大利人又髒又亂，這還不打緊，這個毛頭小伙子大言不慚的告訴「醜陋的美國人」說：「千萬別去歐洲觀光，因爲美國各地的速食店就能找到歐洲所能提供的一

✿新橋建於1578年，是巴黎現存橋樑中最古老的。在巴黎，如果有人對你說：「啊，你像新橋一樣！」這是無價的稱讚，想想看誰的精神能似新橋一樣愈來愈抖擻。

✿浮日廣場裡路易十三的雕像，他神采煥發地坐在馬上，因為他剛剛大婚。

切享受。」他又說：「歐洲人不喜歡美國人，他們知道美國人是什麼樣子，歐洲人眼中，美國人個個都是啤酒肚，拿著拍立得照相機，喜歡吃番茄醬，因爲成千上萬的美國人已經去過歐洲了。」「更壞的是歐洲人說的語言有一百多種，而且會英語的人少的可憐。」「在歐洲很難找到美國人喜歡的花生醬，而且歐洲人個個都是老煙槍，歐洲人的座右銘是『會呼吸的人就會抽煙。』」

這個乳臭未乾的小伙子還語帶諷刺的說：「幸運的是，歐洲人知道如何隱藏自己的體臭，因爲他們不相信除臭劑。」

名滿天下的巴黎烹飪，在這乳臭未乾的小伙子眼中，也沒有什麼了不起，「因爲那些巴黎廚子把在我們花園中找到的一些害蟲，或是蝸牛、青蛙、鴿子……等，換上比較好聽的名字後，再端出來時就變成了昂貴的名菜。」

這個乳臭未乾的毛頭小伙子，對巴黎更是酸溜溜的大加撻伐：「巴黎是個偉大的城市，可惜卻偏偏在法國這樣的國家。」不過對巴黎的稱讚還是有的：「巴黎幸好有一個美國人投資的迪士尼樂園。」不過就是在稱讚外還是不忘挖苦：「這個迪士尼樂園與美國的迪士尼樂園幾乎完全相同，唯一不同的地方是它沒有遊客。」

這個乳臭未乾的小伙子筆鋒一轉，直挖苦到義大利頭上：「在羅馬時，做事就要像羅馬人，可是羅馬人什麼事都不做。」「威尼斯是個很特別的城市，它唯一的景觀就是下水道的污水把街道淹沒了。」這個乳臭未乾的小伙子對西班牙同樣的臭氣沖天：「西班牙是個奇怪的國家，因爲西班牙全國中午都停止所有活動去午睡，到了晚上都大吃大喝。」

……等等等等，你說巴黎人氣不氣？因此巴黎人說：「歡迎你再來巴黎，但把你的書滾回去！」

法文文化

除中國人驕傲自己的中文文化外，世界上還有一個國家也很驕傲自己的文字，它是法國。一九九二年，法國修憲，因此在憲法裡特別加入一條：「法國的國語是法語！」不明白的人頗有畫蛇添足之感，明白的人，不禁莞爾，因爲這一條條文是法國許多飽學之士努力十餘年的成績，得來非常不易。

十九世紀以前，法國曾是世界第一強國，法語更是世界第一語言，但是二十世紀以後，逐漸爲英語取代，這叫法國情何以堪？因此年年都有振興法語之聲。

目前全世界使用法語的國家，共有五十六個，全世界使用法語的人口，共有一億，在法語教學上，除法語國家外，全世界共有三百所中、小學，另外還有一百二十三個法語中心，全部學生共有二十八萬八千名。

不過學法文的人顯然不能與學英語的人數比較，在美國強勢文化的威脅下，法文過去舉足輕重的優勢不再，這使法國以法文自豪的歷史頗不是滋味，更糟的是，法文本身也遭英文的侵入，今日

✿波旁王宮建於1722年，不過現在看見的是拿破崙在1803年重建的。自法國共和以後，它變為法國國會。法國國會左右兩派鬥爭得很厲害，因此巴黎人稱它是「吵架的地方」而不名。

法文裡已夾雜了許多外來語，這使有心之士憂心忡忡。

其實語言學家對法文夾雜外來語的情形並不擔心，反認爲這是正常現象。法國原有的語言是高盧語（法國原住民的語言），在公元二世紀時，拉丁語崛起，取代了高盧語，後來這種拉丁語融入鄰國的語言，主要是日耳曼語，這才演變成今日的法語，因此法國語言學家認爲法語是「活的」，它還在「生長」，法國政府老是強調法語遭英語侵略，顯得反應過度。

法國政府不願法語沒落，除了每兩年召開一次全球法語國家會議外，一九四五年，在戴高樂主政時代，特別在外交部內成立「科技文化關係司」，主要的目標是藉法語的傳播，以發展法語文化外交，每年有十億美元的經費，可見法國的魄力。

一九八八年，在密特朗主政時代，文化部長賈克郎（Jack Lang）在文化部內，除了一面剔出法語中的英文字外，還特設法語熱門音樂科，因爲世界上的熱門音樂幾乎都是英語的天下，沒有法語的地盤，法國想分一杯。

……但不幸，所有的努力都未得到應有的回報，學法文的人還是遠落學英文的人之後。外國人爲什麼對學法文興趣缺缺？除了法文國家不再主宰世界外，法文的難學也是原因之一，法國人經常對外國人說：「你的命眞好，你不是法國人，你不必學法文！」看來法國人瘋了，他們發明了那麼難的法文難他們自己，也難外國人，外國人只好逃之夭夭了。

九霄雲外

在旅行中、在飛行中，想不想得到空中小姐的禮遇？法國航空公司提供三個方法：一是不要叫空中小姐爲「服務生」，二是不要爲叫空中小姐注意而拉她的制服，三是穿著整齊，下飛機時把座位弄乾淨。法航空中小姐認爲，「乘客是國家現狀的翻版，什麼國家有什麼乘客」。

有些乘客實在「混蛋」，一個乘客竟把烤魚丟到空中小姐的身上，原因只是麵食已經送完了，沒得選了。一個空中小姐勸乘客到吸煙區吸煙，但乘客不聽，於是空中小姐把他的煙弄熄，結果乘客暴跳，竟把咖啡倒到她的腳上，造成燙傷。

有時空中小姐與乘客會因誤會弄出「意外」。一個空中小姐看見一名男乘客在睡覺中呼吸困難，因此搖之撼之想弄醒他，但一點也沒有反應，空中小姐擔心他心臟病發，決定替他施行心肺復甦術，於是解開乘客的領帶，打開襯衫的扣子，跪在他的面前，解開他褲子上的皮帶，當空中小姐正要爲他褪褲子時，他醒來了，他大驚的問：「妳幹什麼？」原來這個乘客得了極罕見的頻睡病。

動物也是麻煩乘客。一個乘客的貓從袋子裡「飛」出來，巧的是，兩隻鸚鵡也從另一個乘客的袋子裡飛出來，於是貓捉鸚鵡人捉貓，眞的變成狩獵園了。

法航九霄雲外的趣事很多，有人服鎮靜劑，有人脫光衣服，有人光腳丫走來走去，有人剪指甲，有人一身爛衣，有人把尿布交給空中小姐，有人用玩具嚇人……，但法航所有的精采趣事，莫過於生理的迫切需要，這時空中小姐就會叫他／她們到廁所去，免得做愛的聲音叫其他的乘客吃不下飯。

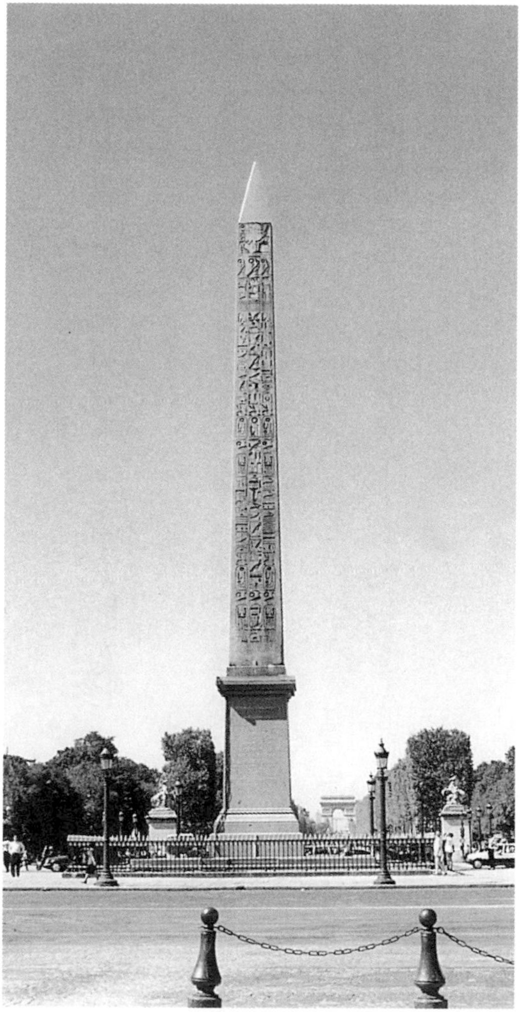

✿協和廣場建於1779年，是巴黎最大與最美的廣場，只可惜它太政治性，路易十六及他的皇后都先後在廣場上斷頭。方尖碑原是埃及魯克索神廟前的神物，由埃及王贈送給法國，1836年豎在廣場上，但它一公尺半高的金頂，是1999年加上去的。碑上的象形文字，很美，很美。

魚子醬喊少，老饕喊慘

巴黎名菜之一的魚子醬，其實不是巴黎名產，它們來自俄羅斯的裏海，只因爲巴黎登高一呼，把它推上世界名菜行列，這才闖出了招牌，不過巴黎人有遠見，跟俄羅斯最大的魚子醬公司簽了終身不可反悔的合約，俄羅斯除自留少部分自用外，其餘百分之九十由世家貝托享（Petrossian）獨斷進口權，因此今天如要在俄羅斯以外的地方買魚子醬，巴黎貝托享是世界上唯一的批發商與批發地點。

貝托享家族成爲俄羅斯魚子醬大王其實是偶然，二十世紀二〇年代，兩個俄羅斯年輕兄弟梅申與貝托享從俄南盛產魚子醬的阿斯特拉罕到巴黎求學，他們對巴黎很好奇，但他們很快的就懷念起家鄉來，貝托享也很快的發現巴黎人幾乎不知道魚子醬，於是這兩兄弟決定引進家鄉的魚子醬，一來自己解饞，再來，說不定賺一筆。

當時的貿易制度還未完全建立，進出口沒有章法也沒有保障，他們將所需的錢裝進小箱，帶入蘇聯大使館，由專人送回國，他們則在巴黎等六個月，貨才能到手，於是他們透過巴黎威當廣場上

✿聖日耳曼教堂建於十二世紀末，是巴黎現存最古老的教堂。聖日耳曼教堂是天主教本篤會的大本營，本篤會是天主教中最古老、最固執的教派，相當排外，因此在進去之前最好考慮考慮，不過它古羅馬式建築的外表，非常美。

的一家商店把它推介給巴黎人，威當廣場是巴黎上流社會的集中區。但這個老闆不知道魚子醬是什麼東西，也不認爲巴黎人會喜歡這個東西。

沒想到巴黎人很快就迷上魚子醬的美味了。魚子醬一躍而成「黑金」（絕大多數的魚子醬是黑色的，只有少數更珍貴的魚子醬呈金黃色，這是貴如鑽石的「黃金魚子醬」）。貝托享的眼光遠，馬上就看出魚子醬的魅力了，因此立刻與俄羅斯訂下了終身不毀的獨斷進出口合約。目前在巴黎經營魚子醬的，已是貝托享的第二代了。貝托享魚子醬也成爲巴黎一景。

俄羅斯魚子醬究竟是什麼味道呢？

因是就著新鮮生吃，它有點腥，因此初吃的人並不一定喜歡，貝托享家人對俄羅斯魚子醬曾有如下的名句：「俄羅斯魚子醬如性，初試雲雨也許不覺得怎麼樣，但幾次之後，就知道欲罷不能了！」

俄羅斯每年大約能供應巴黎一百噸魚子醬，全世界的老饕就來爭奪這僅有的美味了，可見魚子醬的珍貴，因此有人稱「黃金魚子醬」，形容它的價值等同黃金，但近些年來，由於裏海水位升高，這使捕魚困難，又因裏海工業與農業污染了水源，這使裏海的鱘魚產量驟減，珍貴的魚子醬就來自牠的身體裡，但由於產量減少，今日的捕獲量尚不及五十年前的百分之一，全世界的老饕不得不哇哇叫了，可見問題嚴重。

魚子醬喊少，老饕怎麼辦？只好喊慘了，因此巴黎一片「慘！」「慘！」「慘！」的叫聲，巴黎人瘋了！

法國麵包誰捧場

還記得一七八九年驚天動地的法國大革命嗎？這次革命，不但千年來的皇權倒了，還建立了世界上第一個民主國家，此後對世界的影響很大。你知道法國人爲什麼要革命嗎？原因只有一個：沒有麵包吃了！

法國人平日吃的最多的麵包有兩種，兩種都有如手臂一樣的長短，都是細而長，一種有如女性的手臂，這是較細的，有如棍子，法國人就直稱「棍子」，重約二百五十公克；另一種如男性的手臂，這是較粗的，重約四百公克，法國人直稱「麵包」。

這兩種麵包除了大小重量有別外，都是金黃色，「內容」完全一樣，都是皮脆肉軟，它的重量似乎全集中在皮上，因此吃來吃去吃的是那層脆皮，非常美味。法國以外的國家也有製造法國麵包的，但製作水準能達到法國的似乎還沒有，但是近年來，這個曾引發法國大革命的東西，愈來愈每下愈況了。

一九〇〇年，巴黎人每天平均消耗麵包量是一公斤，到了一九七〇年，這個數字降爲一百四十公克，到了今天，還是如此。

這個數字清清楚楚的點明，巴黎人關心他的體重，不太想吃麵包了，如果一定要塡滿肚子，那就換吃分量少但營養多的，如麥片、餅乾、沙拉、披薩……，傳統的法國麵包再加奶油再加果醬，已經「告別」了——路易十六應該最喜歡這個消息了，因爲沒有人再向他要麵包了，那麼他的頭就不會斷了。

但是，巴黎人不吃法國麵包而改吃美國麵片，這豈不也是革命？這一次是，如果大家都不吃法國麵包，那麼法國農人的生活怎麼辦？因此最近一陣，法國官方媒體不惜重金頻頻打廣告，目的只有一個，鼓勵巴黎人重回傳統的麵包戀曲。

不幸的是，經幾年努力，到現在爲止，這波「多買麵包」運動，還在「同志尙需努力」中，麵包烘焙業者指責超級市場、連鎖店、速食店等，大量改用冷凍生麵糰，並以低於麵包烘焙業者的價格賠本出售，這是標準法式麵包式微的主要原因。全法國約有三萬到三萬五千個家庭式法國麵包烘焙廠，現在每年正以三百到四百家的速度消失中。

「以往我們沒有麵包，所以我們要革命，現在我們不要麵包，政府反要革我們的命，你說奇怪不奇怪？」巴黎人說。

法國姓名大全

法國人怎麼爲孩子命名？以往就連法國人也不甚了了，一九九八年巴黎經濟暨統計局（INSEE）出版了一份姓名統計資料，因爲這是深入了解法國民俗文化的機會，也有點像中國的《百家姓》，因此頗值得一看。

這份統計開門見山的說：「法國約有一百萬個不同的姓名，這既是一個世紀的紀錄，也是不斷在演變中的文化資產，本世紀中消失了二十萬個姓氏，新出現了二十五萬個。」這對全法國只有六千萬人口來說，不能不說變化頗大。

法國人的姓名，有五十二個人沒有母音，如Jxxx、Mn、Snp、K……，也有二十四個人的姓名沒有子音，如Aya、Aye、Ed、Eo、Ey、Ye、Yi、Yo、Yu……，但這不算奇怪

✿商業總監與觀星樓。圓形的商業總監建於1765年，麥迪奇皇后尖形的觀星樓建於1435年，它們各是環肥燕瘦，但「結婚」的很好。

的，奇怪的是一些不雅的名字。

一八九一年之後，法國共出生了十二個Fran Restein（魔幻故事中的「科學怪人」）。姓「肥」（Gras）和姓「胖」（Gros）的人各有一萬二千四百八十四人和一萬九千四百二十七人。名字叫「流浪漢」（Clochard）的人，總共有一千六百零一人，叫「流氓」（Loubard）的也不少，共六百二十一人。「酒鬼」（Soulard）有六千九百六十二人，「醉鬼」（Pochakd）有一千零三人，「醉酒狂」（Soulot）有七十五人，「微醉」（Saoul）有七十五人。

「青蛙」（Grenouille）有一百人，不過其中有些人在半途改名「池塘」（Deletang）。

Couillard、Vachier、Bricul、Pet、Lacrotte、Jolicon……等等與男性生殖器或罵人有關的名字，也不少，全部約在一千八百人左右，不過他們中的部分，後來改了名。

Flic，是個俗字，原意是「警察」或者「條子」，有看不起或侮辱之意，但也有一個人有此名字。至於英雄人物「蘇洛」（Zorro）有兩個人，但「凶手」（Assassin）更多，共有四十四人。曾經風靡一時的「希特勒」（Hitler），現今在法國已經一個也沒有了，因爲僅存的一個已在一九四六年改了名。

巴黎街道的名字

巴黎的源起，源於公元前半世紀的巴黎斯人（Parissis），因此許多街道沿用了巴黎斯人的姓氏，但這些姓名在今天看起來，拼法古古怪怪，不過巴黎人見慣了，不以為意，倒是觀光客覺得發音有點困難。

不過，在這些街道中，有些是以法國的聖賢、智者、作家、演藝家或政治家等的名字命名，如莫里哀、雨果、戴高樂等等，那些以聖賢、智者、作家或演藝家等名字命名的路，當然沒有問題，但是以政治家的名字命名的路，特別是以當紅的政治家命名的路，就常常出問題了，如第二次世界大戰前德法關係良好，巴黎就出現了「希特勒路」、「希特勒車站」，這些路這些站，都曾風光一時，可是當戰爭打起來後，就忙不迭的改名了；不過也有些當紅的政治家，他們在台上時風光無限，於是許許多多的大道小道就「借」他們的名字以增自己的魅力，也為彰顯他們的功績，但是這些當紅的政治家，有些人的政治生命不長，有些人還在位時就已把自己的名字弄得臭氣沖天、官司繞身，因此用他們的名字命名的大道也就灰頭土臉了，更有些政治家，在下台後臭味不斷，用他們的名字命名的大道，也叫人受不了。

巴黎市政府豁然明白，用那些當紅的政治家的名字爲大道命名，並不恰當，因此立了一條法律硬性規定：「凡政治家在位時、在世時，一律不准做爲大道的名字，但在此政治家去世五年後，不限。」天呀，這樣的法律是否能保障巴黎的大道今後不再改名字了？否！否！否！因爲巴黎人問：「去世五年後，誰還是政治家？」看來大道對政治家也是一種諷刺了。

不過在這些「五年後誰還是政治家」的問題外，巴黎另有一些路名卻是有趣的，如「上帝巷」、「撒旦巷」、「騾步街」、「金手街」、「錫盤街」、「作家街」、「畫家巷」……，還有一條「無頭女人街」。

巴黎有本《街道歷史》，這本書說，有時這些街名的涵義很好解釋，如「無花果樹街」（Rue du Figuie）是因爲十世紀時在這裡種植了一棵巨大的無花果樹，因而得名，後來在十三世紀時，這棵巨大的無花果樹阻擋了一位法國皇后的去路，因此被皇后下令砍掉，但路名卻留下來了。「好孩子街」（Rue des Bons Enfants）則是因爲十三世紀時一個富有的慈善家出資興建了一所貧窮兒童學校，因爲他希望這些貧窮的兒童在接受教育後由壞兒童變成好兒童。

有時某些街道的名字起源不詳，如「壞男孩街」（Rue des Mauvais Garcons），可能是一三九二年意圖行刺法國貴族的凶手的藏身所在。

✿軍事博物館前的「凱旋禮炮」。

在塞納河上西堤島聖母院的陰影下，有一條又窄又短的「釣魚貓街」（Rue du Chat Perche），鵝卵石的路面現已斑駁脫落了，歷史指出，這條街在十九世紀時原本很長，從現今所站立的地方一直延伸到塞納河，當時街上有許許多多的魚店，魚吸引了很多很多的貓，所以才有這個路名。現今這條街上仍有一個商店的店招上畫著一隻小貓，牠的爪子伸入半空，似在準備抓魚吃。

巴黎東區勞工階級居住的Charonne區裡，「上帝巷」（Passage Dieu）與「撒旦巷」（Impasse Satan）相鄰，當然也不是偶然的。歷史說，上帝巷原不叫上帝巷，而是巷子裡住了一位在政壇上很有力量的人物，他姓「上帝」（Dieu），於是「上帝巷」得之順理成章，但一位住在「上帝巷」側的人很不服氣，於是他把自己住的巷子改名「撒旦巷」。

住在「上帝巷」或「撒旦巷」的滋味如何？其實是一樣的，但巴黎市政府可不喜歡，因爲許多瘋狂的巴黎人把這兩個路牌偷去做紀念品，這迫使巴黎市政府不斷的重造，也迫使巴黎市政府把路牌愈釘愈高。

星座力拚生肖

巴黎人非常迷信，這只要看百分之七十的巴黎人習慣占星預測就知道了，而巴黎人中，以女性最重星座，百分之九十的女性相信星座。不過巴黎人雖習慣占星預測，但並不表示一定相信星座，多數的巴黎人是基於好奇、好玩或者半推半就，因此占星只是爲增添茶餘飯後的話題，在所有占星者中，只有百分之三十才是「死忠派」。

爲什麼巴黎人既占星又不相信星？因爲多數的星座預測常是模稜兩可的，因此同一個占星，兩人的判斷不同，這也就是準與不準的情形了，畢竟巴黎人是一群比較理智的動物，以十二個星

✿中世紀博物館不但是巴黎歷史的一部分，也是重要的一部分。它本身的歷史、沿革、文物，都隱藏著巴黎迷人的魅力，它獨特的中世紀巴洛克式建築，更是建築系學生臨摹的目標。

座區分天下萬事萬物，是根本不可能的。

那麼占星既然力有未逮，是不是還有別的占術呢？當然有！這就是中國人的十二生肖！

近年來，中國人的十二生肖在巴黎「大賣」，許許多多的巴黎雜誌不惜篇幅的大書特書，告訴讀者今年是何生肖，明年又是如何如何，例如豬年出生的人代表福氣，代表無憂無慮，至於多少巴黎人相信，就很難調查了，因爲法國人原來的文化觀點，認爲豬是不潔與懶的。

當巴黎人拚命研究中國生肖的時候，中國人研究什麼？翻開雜誌，不是滿篇西洋占星嗎？這眞是西潮與東風，大家一致追！追！追！追不可測的東西！

法國萬萬稅

法國是一個萬萬稅的國家，什麼都要稅，法國稅捐稽徵處就告誡它的稅務人員，他們說：「你們是藝術家，你們要拔光雞毛而不能讓雞叫！」因此法國稅務人員對抽稅很有一套。

在法國稅務人員眼裡，你合法的每一文收入，都是它的，法國稅捐稽徵處認爲它是全法國最慷慨無私的公家機構，慷慨到自法國人出生下來，不分老幼、不分男女、不分學歷高下、不分殘障不殘障，就聘請你爲它工作了，一直到蓋棺之後。法國稅捐稽徵處的這種「慷慨」，眞有點叫法國人「受寵若驚」，但也因此對稅捐稽徵處沒有好感，一個法國稅務人員抱怨的說：「我的朋友看見我，他們的臉馬上變成我的國旗了（按：法國國旗是藍、白、紅三色）！」沒料另一個稅務人員聽見了，非常羨慕的說：「你還說呢，你比我好多了，因爲你竟然還有朋友！」一個美國稅務人員更驚訝的說：「你抱怨什麼？我的國旗才糟糕，我的同胞看見我，除了顏色外，頭上還有五十個星（按：美國國旗除了藍、白、紅三色外，還有五十個星）！」

在法國的「萬稅」裡，有一種「富人稅」，這是法國針對富人所抽的特別稅，凡個人財產總值超過四百七十五萬法郎（約一百萬美元）者，就要繳富人稅，稅率是千分之五，財產總值愈多，稅率愈高，最高達千分之二百。

富人稅創於一九八八年，這是世界上很罕見的稅，這項稅收的主要目的，是以富人稅的所得，用在彌補無業者尋職金的預算上，以便照顧社會弱勢的民衆，全法國六千萬人口中，大約有二十萬人要繳富人稅，而二十萬人中，其中一半居住在大巴黎地區，每年預估可爲法國增加四億法郎的收入。

這種「不樂之捐」，因爲只限定在高收入者身上，所以約有七成法國人贊成，但是執行上有許多灰色地帶，因爲愈富有的人愈有辦法避稅，富人稅本是對億萬收入的富人徵的稅，結果很難抓到億萬富人的痛腳，反是中、高收入者難逃富人稅了，因此反出現了不公平，也因此，法國人把富人稅稱爲「劫富濟貧稅」，或是「劫貧濟富稅」，但繳稅最重的巴黎人說：「富人稅是全世界最瘋的人想出來的瘋人稅！」

✿香榭麗舍大道上的儷人行。

用幽默當武器

巴黎有許多阿爾及利亞人，究竟有多少，因為缺乏統計，因此沒有人確知，不過估計，在大巴黎一千萬人口中，約占百分之二十，也即兩百萬，其中有許許多多的阿爾及利亞人，是居住在大巴黎地區已經數代的，因此他們在法律上已經是法蘭西人，雖然他們的皮膚與臉孔都與法蘭西人不同。

這些阿爾及利亞的後裔，當然還是很關心他們的祖國。阿爾及利亞曾先後受羅馬人、汪達爾人、腓尼基人、葡萄牙人、西班牙人、法國人等占領，因此對亡國很感傷，也有敵愾同仇之氣。

一九九二年，阿爾及利亞政府突然停止已舉行了一半的總統選舉，目的是阻止基本教義派份子當選總統，並對基本教義派份子異己展開鎮壓，因此許多知識份子與演藝人員遭到殺害，這些居住在法國的阿爾及利亞人頓然心有所失，他們不願以武器作為反抗，他們用的是幽默。

一個阿爾及利亞裔的法蘭西人演藝人員對他的觀眾說：「當別的國家的行情跌到谷底的時候，多少會反彈，可是當我們阿爾及利亞跌到谷底的時候，我們就得再將谷底挖深些。」

最近一陣，阿爾及利亞經濟不景氣，暴亂頻仍，人民紛紛逃難，一個阿爾及利亞裔的演藝人員說：「阿爾及利亞領事館從一九九二年起就從不對阿爾及利亞人民發出境護照，現在突然有六萬人湧到外交部要求出境，甚至連基本教義派份子也都想出境，他們終於發現，基本教義派『基本上』叫人受不了！」

這些阿爾及利亞裔的法蘭西人，一定是瘋了，因爲就連他們以幽默當武器，也很可能不受什麼政權歡迎，因此這些演藝人員都必須聘請隨身保鑣。

巴黎人不愛出浴

世界上最愛出浴的可能是羅馬人，這由古羅馬人留下的大量古蹟與義大利人所拍的大量美人出浴電影可見，今日有些義大利人，就是在大白天，在陽台上出浴的鏡頭也是司空見慣，但與義大利隔不遠的巴黎，卻對出浴的興趣小於裸體的興趣。義大利人早就對他們的芳鄰不滿，他們認爲他們的這個芳鄰的眞正味道是「不洗澡的臭味加上大蒜味，加上酒味，再混合而成的氣味。」

巴黎人如何不愛出浴？這裡有一則軼事：據說路易十五皇帝一生只洗過三次澡，一次是在出生時，一次是在結婚時，一次是在埋葬時，連皇帝都是這麼不愛出浴，等而下之的人就不要談了。那麼巴黎人既不出浴，身體發臭怎麼辦？有辦法，只消猛擦香水就成！路易十五晚年因病無法上朝，也拒見大臣，所有公事都委情婦巴拉麗（Barry）傳達，巴拉麗就因擦的香水太多，因此有「香水宮廷」之稱。

一九九八年，法國第一大報《費加洛日報》發表了一份政府的正式調查報告，法蘭西人是歐洲最有「味道」的民族！法國人瘋到自己丟自己的臉！

這份報告說，每兩個法蘭西人中，就有一半以上連最基本的清潔問題都做不到。如果再看仔細一點，下面的數字似乎更精確一點：百分之三十五的法蘭西人不是每天出浴、六人中有一人內衣一穿三天不換、只有百分之五十的人使用身體除臭劑（如香水等）……，夠了，這些資料足夠「臭」法蘭西人了。

英國人在看到這份官方報告後，狠狠的對法蘭西人幽了幾默，英國《泰晤士報》說：「這是眞的，法國人是全歐洲最臭的人，快丟掉妳的法蘭西情郎！」《衛報》說：「官方消息，法國人眞的比我們臭！」《獨立報》說：「法國人不洗澡，法國官員說的！」《快報》說：「別用力吸氣，法國人眞的不出浴！」《每日郵報》說：「法國是最省肥皀的國家！」至於法國人自己怎麼說呢？法國人可是老僧坐定不慌不疾的說：「何意外之有？搞不好下個禮拜的調查報告說：德國人從來不開懷大笑、瑞典人個個都是金髮……，那時你還笑不笑？」

✿軍事博物館原是路易十四所建，因為他要讓被迫沿街乞討度日的傷殘軍人有一個安養之所。軍事博物館起建於1671年，長487公尺，寬250公尺，在這個正門前，左右各有九門凱旋禮炮，只在重大日子才鳴放。

擦紅抹綠爭女權

你可能想不到，爭女權最積極的人也是最愛打扮的人——這是一本法國雜誌VSD根據五百名法國婦女所做的調查。這個針對法國婦女的調查說，在自稱是女權主義的婦女中，有百分之六十三自稱每天打扮，但在自稱不是女權主義的婦女中，每天打扮的只有百分之五十七。在女主管中，自稱是女權主義者的，有百分之八十三每天打扮，自稱不是女權主義者的，只有百分之六十三每天打扮。此外，再根據《魅力雜誌》報導，女權主義者平均比非女權主義者多兩雙鞋子。

看來「要男人好看」的人，不是那些平平凡凡的女人，反是鼓吹女權主義的女人！所以報紙的結論是：「如果要娶一個漂亮的老婆，先別考慮她腦袋裡的東西，應先看她的臉蛋！」

一九二七年列寧就曾經說過：「每一個女廚都應學習治理國家！」但是法國這個世界上第一個民主國家的「女廚」，直到一九四四年才有選舉權與被選舉權，而「女廚」眞正的下海參與選舉與被選舉，到一九四五年四月二十九日才出現，這比一九一八年德國、一九三一年西班牙宣佈婦女有選舉權與被選舉權遲了很多。但還算不錯，因爲比瑞士的一九七一年快了很多。

對法國來說，法國早在一八四八年革命時代就確立了所謂的全民普選，但是許多法國學者認爲，她們還是留在家裡比較好，因此她們被迫與投票箱無緣一個世紀，當然，早在第二次世界大戰時，戴高樂在忙於軍務外，還不忘說：「一旦把敵人趕出我們的國土，我國所有的女人和男人一樣的有選舉權。」戰爭之後，她們果然有了，但是一直到今天……唉，她們還在爭她們尚未得到的一部分，她們的權在哪裡？

且慢！爭不起來的！那麼先打扮自己，而後再漂漂亮亮的爭吧！

什麼是寫實畫派？

什麼是寫實畫派？這個問題已經問了幾百年，但巴黎人難於回答。

按「寫實」二字的眞義，當然要與現在台港流行的「寫眞」有異曲同工的境界，最好是「纖毫畢露」眞實的呈現，因此模特兒的五臟六腑應該無所遁形，就連現代的「寫眞」，有幾個人是如此的「寫實」？

巴黎有一群瘋人，認爲幾百年前的大畫家就有這種功力，這種人以畫家的寫實技術爲本，結果是，只要他們瞄一眼，他們就能從大畫家的寫實畫中診斷出模特兒患了什麼病。一六五四年，荷蘭寫實派大畫家林布蘭爲他的情婦史托菲爾斯畫了一張畫，畫中的她，左乳房有一塊渦紋狀的色澤，這批人立刻說她得了乳瘤。林布蘭還畫過一個名叫德拉雷西的男人，畫中的德拉雷西鼻樑下陷，眼睛泛白，頭歪一邊，這批人馬上說他得了梅毒。

公元三千多年前的埃及壁畫，壁畫中的人整條腿萎縮，足掌如爪，這批人馬上說他們得了腦灰白質炎；義大利畫家吉爾達由在一四〇〇年畫的《老人與孫》，老人有個很大的紅鼻子，紅鼻子上長

✿貿易廣場原是貿易堡前的一個廣場，拿破崙毀掉了堡，目前只剩廣場上的這個噴泉與銅柱了。注意它的埃及味道，拿破崙因征埃及而把埃及文化引入巴黎。

滿了肉瘤，巴黎的這批人馬上說，老人得了鼻腫瘤；一六〇〇年代，旅居義大利的西班牙畫家衛拉畫了一幅《長鬍子的女人》，這個女人約五十幾歲，手中還抱著孩子，這批人馬上說，長鬍子是男性荷爾蒙過多的現象，五十幾歲猶抱孩子，顯然是排卵異常；巴黎人對羅浮博物館裡的名畫《蒙娜麗莎》不會不診斷一下，你知道蒙娜麗莎的右眼角爲什麼有一點白色嗎？因爲她患了眼角膜症，你又知道蒙娜麗莎爲什麼那麼神祕的笑嗎？因爲她是一個同性戀者，她知道她的笑怎麼勾引男人焚身；……太多了，太多了，太多的例子可以證明，巴黎人是如何的瘋狂又瘋狂，巴黎人人人都是醫生！

人不如獸

許多巴黎人認爲人沒有獸幸福，其實人類也活該如此，這裡有一個巴黎人寫的科學報告，洋洋灑灑的長文刊在《自然》科學雜誌上，這裡只摘其中一二：

將氧化爲體力，人不如狗；人類的新陳代謝，不如鹿也不如海獅；人類的速度與耐力，又不如馬；人類的牙齒，不如鱷魚遠甚，牠一生換牙二十五次；人類的眼睛又不及很多飛禽，一隻鷹能在黃昏時的三哩高空，看見一隻靜伏不動的兔子；論運動技能，人類只比豬好一點點……，但調查也顯示：「沒有一個人願做禽獸！」

有淚不輕彈

中國古人常說「男兒有淚不輕彈」，可是說儘管說，猜想沒有幾個中國古人懂得這個科學大道理，無事不瘋狂的巴黎人，倒是很認眞的把中國這句古諺當做大學問，打破沙鍋問到底。

根據巴黎人的研究，男人哭的機率只有女人的四分之一，而且男人沒有女人那麼愛哭，原因不是出在男人的感情沒有女人豐富上，而是出在男人的淚腺上。

根據研究，男人與女人的淚腺荷爾蒙是不同的，少年和少女血液中的荷爾蒙激素數量大約是相同的，因此雙方流眼淚的次數無分軒輊，但到了十八歲以後，男性的眼淚荷爾蒙激素就慢慢退化了，最後只剩女性的百分之四十，所以男性不是不哭，而是欲哭無淚。

再根據同一個研究，現代人的壓力大，眼淚分泌已漸漸枯竭了。

現代人的眼睛，常有紅腫、乾澀、疲勞、畏光等反應，這類現象常被認爲是「乾眼症」，這種症狀經常發生在上班族、隱形眼鏡族、電腦族之中，因此這些人經常以爲自己的眼睛出了毛病，但巴黎眼科醫生表示，這不是眼睛出問題，而是精神壓力有以致之。巴黎眼科醫生指出，睡眠不足、騎機車、長時看電視電腦之後，這種情形就出現了，因而把病因賴到這些問題上，其實它的眞正因素卻是精神壓力。

巴黎眼科醫生指出，乾眼症是指淚腺受到永久性的破壞，這與淚液分泌不足不能相提並論，除了因情緒問題引起的淚液分泌外，淚液的分泌是由副淚腺主導，睡眠不足、精神壓力、藥物都是引起淚腺分泌的原因，當睡眠不足或處於高度緊張時，主導淚液分泌的主神經失調，這會使淚液分泌減少，因此眼睛發紅、乾澀、疲勞……等現象出來了，但這是暫時的。有時在吃了胃藥、咖啡、紅茶或抗組織胺的過敏藥物後，也有這種情形。

在另一方面，眼板腺（麥氏管）所分泌的油質，均勻的覆蓋在眼球上，它有保護眼球上的淚液使它減低揮發的作用，但若分泌的油質不足，就影響眼球的濕潤，如果空氣污濁、大風、汽機車排放的廢氣過多，那麼眼淚又流不出來了。

醫生最後的忠告是：「英雄也流淚！」

第五章

漏網的祕密

法國的總統府——艾麗榭宮

法國的總統府——艾麗榭宮（Palais de l'Elysee），位於巴黎香榭麗舍大道的東端，它是巴黎最漂亮的街，街上人潮不斷，紅男綠女，美的與醜的並肩，是巴黎重要的一景，但它的眞正門牌是聖榮祿街（Faubourg St. Honore）五十五號，它是巴黎最名貴的街，什麼高級時裝高級精品都有，上流社會的名媛雅士成爲主調，盡皆是儷人的天下，一個「風水」這麼好的地方用來做總統府，難怪巴黎人說：「我們的總統眞會選地方！」

艾麗榭宮建於一八七三年，是艾佛呂伯爵（Comte d'Evreux）所建，建築師是莫來（Amand Claude Mollet），初初被人稱爲「城堡」，並不是皇宮。

艾麗榭占地一萬一千平方公尺，共有三百六十五個房間，四周還有兩個占地兩公頃的花園，當然名貴傢具不會少，單是有歷史價值的鐘就有三百八十個，想來那麼多的鐘一定可以時時刻刻的提醒它的主人趕上時間，不幸，它的主人中不乏有忘了時間與時代的人，因此「出局」。

自艾麗榭宮完工以後，它的每一個主人非富即貴，並與女人結下緣分，如龐畢度侯爵夫人、布邦公爵夫人、貢戴公爵夫人、銀行家布絨夫人……，後來才轉到皇帝手中，路易十五、路易十六、拿破崙皇帝……都曾先後擁有，但也是女人的天下，直到一八七三年才成爲法國的總統府。

法國大革命後，它的命運一度改變，它曾是舞蹈和娛樂場所，也做過博物館、國家印刷廠，但這些時間都不長，因爲它很快的又回到有錢有勢人的手裡，不過也不是每一個有錢有勢的人都喜歡它，就像國家大總理布安卡雷（Raymonel Poincare）說的：「這是一間陰暗的房子，我以爲我住在監獄裡，或者毋寧說我住進了死人的房子裡。」戴高樂將軍也說：「這幢房子太過於布爾喬亞，沒有一點靈氣！」龐畢度任總統時，他寧願住在他位於巴黎市中心聖路易島上的公寓裡，也不住在這裡，密特朗總統也是寧願住在他的rue de Bievre街，看來住在裡面眞的並不很舒服。

歷年來，它的每一任主人都在它的身上留下標記，龐畢度侯爵夫人與銀行家布絨夫人都刻意把它打扮得更華麗，布邦公爵夫人則把它打扮成田園風光，商人胡溫（Howyn）則把它打扮成夜總會，夜夜笙歌，拿破崙的妹妹慕哈（Caroline Murat）也參與一份，今日整個艾麗榭宮最漂亮的「節慶廳」，則是第三共和時代喜歡排場的加諾（Sadi Carnot）總統留下來的。在戴高樂將軍時代，派人將整個艾麗榭宮重修，龐畢度總統則在裡面加上了電子設備，在密特朗總統時代，五名年輕工程師翻新了近三百平方公尺的私人公寓，並把一些名畫掛到牆壁上。目前艾麗榭宮是法國總統單獨的辦公室，也是每星期三上午十時定期召開總統與全體內閣會議的地方，更是法國總統決定使不使用核武的地方。

艾麗榭宮原不對外開放，但這個地方法國人幾乎每天皆可在電視上看見，對它已很熟悉了，因此法國自一九八九年法國大革命兩百週年紀念起，每年十月開放兩天，所以也是一個可以參觀的地方。我們很難相信總統辦公室面對著巴黎最多儷人的街，但我們同樣也很難相信總統與他的閣員們擠在一個一點也沒有迴身餘地的「小房間」裡，決定法國六千一百萬人的命運、還有一部分世界上的大事。

什麼是藝術？

巴黎人自小就接受藝術教育，有些教育來自家庭，有些教育來自學校，有些教育來自自己的興趣，因此當一個巴黎人在十五、十六、十七時，在耳濡目染下，就有不錯的藝術見地了，但「什麼是藝術呢？」恐怕還是說不清。

不是一般人說不清，就是字典也不一定說得清，著名的法國大字典拉羅斯（Larousse）也只能說它是「人類所創造的、有啓發性的、精緻的作品」而已，但這顯然不能把「藝術」兩字的精神全部包括。梵谷的作品，在梵谷生前，爲什麼沒有人買？難道它不是藝術品嗎？但在梵谷去世

✿巴黎市政府建於十七世紀，在內戰中屢毀屢建，今天看見的樣子是1882年重建的。它的牆上共有136尊雕像，正面廣場上幾乎每天都是節日。

之後的今天，爲什麼他的作品竟成爲天價，難道他的作品不同了嗎？看，這不是藝術品的問題，有問題的是對藝術的評鑑，這個評鑑受時代控制，也受人云亦云控制。巴黎人因爲有豐富的藝術教育，因此不太容易把不是藝術的當成藝術的，這是巴黎人比較幸運的地方，但是你怎麼對巴黎人說什麼是藝術品呢？巴黎人總是如此回答：「買不起的就是了！」天呀，巴黎的藝術品很多很多，藝術家也很多很多，但買得起藝術品的，卻眞的不多。巴黎有句名言：「在巴黎，每三個人中就有一個是畫家，如果一塊磚頭從屋頂上掉下來，打中的十之八九是畫家！」在巴黎做畫家眞倒霉，準備做梵谷二世吧，或者準備挨磚頭！

巴黎讓人愛，也使人憎

巴黎有很多很多的名字：「花都」、「文學的殿堂」、「藝術之都」、「潮流之都」、「光明之城」、「盛宴之城」、「節日之城」、「彌撒之城」、「流浪者之家」……，巴黎的花名起碼不下一百個，其中有好聽的，也有不好聽的，世界上哪裡還有另一個城市有這樣多的花名？因此巴黎受人注意的情形，從花名之多就可推知了。

眞正的巴黎，是全歐第五大城、世界第四大金融市場、法國最富裕的城市，以及有全歐最多與最美的女郎。巴黎和它兩百二十萬市民，每年接待兩千兩百萬人次觀光客，但這些觀光客只知道艾菲爾鐵塔、凱旋門、羅浮博物館、蒙娜麗莎、蒙馬特、香榭麗舍大道，就不一定知道還有其它。其實在巴黎八千六百九十二公頃的土地上，還有一百八十六個公立或私立大大小小的博物館、同樣數目的公園、三十所大學或高等專科學校、十八所普通大學，以及集全國一半的大大小小企業機構。

塞納河從巴黎東南而來，穿過巴黎的心臟地帶，又復自西南而去，把巴黎橫切爲左右兩岸，右岸是現代的巴黎，左岸是古典的巴黎，在市區裡共「走」了十三公里。巴黎歷史學家尙法弗耶說：

「巴黎是從塞納河上誕生的……塞納河沖積、挖掘、勾畫出蜿蜒曲折的河道，沿途沈積泥沙，是它決定了巴黎的命運。」

自公元前一世紀起，巴黎就已存在，但在凱撒與羅馬大帝奧古斯都眼裡，只不過是高盧的一個小城而已，但是公元九八七年加佩王朝建立，一路走下去，終於在十二世紀成爲法國首都，法國的半本歷史，也在巴黎寫成，以後的法國歷史，也無法少了巴黎。

法國第一共和在一七九二年成立，接下來，拿破崙在聖母院加冕，前後共六屆萬國博覽會在巴黎舉行，這只不過是歷史的片斷，也不過是錦上添花罷了，不過巴黎還是一個「反抗之都」，一六四八年到一六五二年的投石黨之亂、一八三〇年到一八四〇年的革命、巴黎公社，甚至一九六八年五月學潮，都是從巴黎開頭的。

詩人阿波里奈爾、波德來、阿哈龔，還有台灣半吊子詩人張寧靜都曾歌詠過巴黎；歌手喬琵芬貝克《我有兩個愛，我的故鄉和巴黎》，我想你也許已經上口了，還有查理特雷奈的《再見巴黎》，你也唱的滾瓜爛熟；《巴黎戰火》、《巴黎被焚了嗎？》、《再見巴黎》、《巴黎最後的探戈》、《鐘樓怪人》……這些電影，你一定也都看過，巴黎有一個特徵，那就是人人要爲它寫詩，也要「唱」它，還要「拍」它，否則眞不甘心。

巴黎裡面，有很多原不是巴黎人，馬格里布（突尼斯、阿爾及利亞、摩洛哥三國的通稱）、葡萄

✿威當銅柱。拿破崙征奧大獲全勝，建了這個紀念碑以記其事。但坐在紀念碑高處的拿破崙銅像一定有高處不勝寒之感。滑鐵盧大敗，拿破崙遜位，復辟的波旁王朝把它從最高處拉下，36年後，拿破崙的屍骨從遙遠的聖赫勒那島回到巴黎，在拿破崙舊部的壓力下，波旁王朝才再把拿破崙的銅像豎在最高處。

牙、西班牙、非洲、亞洲人等，他們在這裡一起呼吸同樣的空氣，也一起創造巴黎文化，畢卡索、梵谷、海明威、夏卡爾、屠格涅夫、達利……還有濫竽充數的張寧靜，他們都不一定是巴黎人，但巴黎很歡迎他們。

外國觀光客一定對巴黎整齊的建築市容有深刻的印象，因爲他們沒有黃大洲那樣的市長。雄才大略但又在瘋人之間的法國皇帝拿破崙三世，在一八〇五年至一八五一年間，命令奧斯曼男爵重整巴黎的景觀，他不願白拿薪水，所以巴黎有了今天的大馬路，也出現了整齊的「奧斯曼式」樓。從那以後，每個公務員都不得不兢兢業業，每個人都競相留下各人的印記，不是千古罵名，龐畢度建龐畢度中心、季斯卡將舊車站改建爲奧塞美術博物館、密特朗推出十大文化建設、重修羅浮博物館……，我們不必替他們的政績打太多分數，但有這些，起碼可以繳卷下台。

也許因爲高級時裝、香水、珠寶、名牌等的關係，巴黎一直給人「高級」的印象，其實它的流浪漢還眞的不少，不妨到塞納河河堤、火車站、地鐵去看看，如果找不到，我請客！因此巴黎人是很特別的一種人，幽默作家亞爾方斯卡爾也許是描寫巴黎人最成功的一位，他如此說：「我們是巴黎人，就像我們的機智風趣一樣，自己並不知道！」他又說：「眞正的巴黎人並不喜歡巴黎，但他們又不能生活在別的城市裡！」

他說的對與不對我不敢做評，但我眞的不敢想像一個巴黎人如果住在台北，那會怎樣？他會不繳稅抗議？還是把台北拆了重建？

變味的大道

大約三十年前，影星貝蒙多在《斷氣》這部影片裡問：「你是從田園大道向上走還是向下？」對方問：「什麼田園大道？」「田園大道」就是香榭麗舍大道（Av des Champs Elysées），就是「田園大道」的音譯，一直到今天巴黎人仍視它是「田園」。全世界的人，對巴黎的香榭麗舍大道一定都有聽聞，當十七世紀它從一片沼澤與泥濘中誕生以後，它是巴黎最大、最華麗、最高級上流社會人士的大道，迄今也仍能在它華麗的櫥窗裡看見灑著金粉的舞鞋、高級時裝，以及無價的藝術品。

香榭麗舍大道長三公里，起於協和廣場（Place de Concorde），止於凱旋門，寬六十公尺，兩側各有一個二十一公尺的人行道，其餘爲十線快車道，是巴黎最大的一條大道，也可能是世界最大的。香榭麗舍大道位置適中，除了兩端各是協和廣場與凱旋門這些景點外，其它地鐵站、亞歷山大第三大橋、大小皇宮、艾麗榭宮等等景點都在步行距離內，大道上的名店、精品店、名餐館、畫廊等，更是不計其數。

在十七、十八、十九世紀，巴黎上流社會所謂的「布爾喬亞」，他們與她們款款而來，爲大道留

✿協和廣場方尖碑。在1836年，如何把方尖碑豎立起來，曾是麻煩的大問題。方尖碑上的這些圖文，說的就是豎立的經過，當時的難度似乎超過當時的科技遠甚了。

下了難以磨滅的浪漫，它曾是國王、貴族、巨賈的「花園」，但隨著兩次世界大戰，香榭麗舍大道上的風流浪漫已隨著時代俱去了，不過它的知名度已響遍世界，今天隨著觀光時代的來臨，它已是觀光大道了，但跟著觀光客來的，流浪漢、自助旅行者、小販、照片沖洗店、漢堡、披薩、速食店、衣衫襤褸的、龐克、嬉皮、奇裝異服的……等等的，都來了，在這些情形下，往日構成大道浪漫景觀的布爾喬亞反而不來了。

香榭麗舍喜歡這些改變嗎？

大道上的一位名牌時裝女老闆說：「我現在已不願走出店門，以免看到那些從地下鐵湧出來的觀光客，他們衣衫不整，也沒有禮貌。」另一個住客說：「我現在連獨自出門看電影也不敢，總要一大伙人。」還有人說：「我不敢在大道上再穿威士頓名牌鞋了，因爲曾有人強迫我脫下！」這些這些，夠了！

那麼觀光客爲什麼還喜歡香榭麗舍大道呢？日本人爲了找尋「世界第一貴」的東西，因爲現今只有他們還買得起；新台灣人錢淹腳踝，也有資格來湊熱鬧；但像突尼斯那些低收入的人，他們也可以來大道插上一腳，他說：「香榭麗舍的美景和豪華很吸引人，但沒有一樣是我買得起的，可是我的眼睛收穫還是很豐富。」

一位老闆說：「我並非迷戀舊日，但舊日也不容糟蹋，是不是？」但是在觀光文化污染下，怎麼追回舊日呢？所以大道只好繼續變味了，而且看來似乎已沒有藥救了。沒料二十世紀八〇年代末，大道委員會說服當時的市長席哈克，共投下了兩億四千萬法郎，發動大規模的改造工程，經過五年，按照「老巴黎」的風格，把它部分恢復舊觀，因此今天看見的香榭麗舍大道，好像有點舊時的況味與情調了，但卻無力趕走有害詩意的觀光客。

香榭麗舍大道還會不會變味？這，只有觀光客能決定，而你正是它的觀光客！

大皇宮？大氣魄？大漏洞？

巴黎人衡量一個人有沒有品味，有一個標準，那就是是不是常常去博物館、畫展？巴黎大皇宮每年都舉辦很多展出，有飛機展、科學展、汽車展、書展，當然最多的還是畫展，如圖騰卡蒙、雷諾瓦、高更、畢卡索、梵谷、達利、印象派一百年，甚至台灣故宮與巴黎合辦的「帝國的回憶」……等，都在這裡展出，因此做爲一個巴黎人，有沒有去過大皇宮就很重要了。

在凱旋門附近，在喬治五世大道上，一左一右的屹立著兩幢巨型建築，在右的是大皇宮（Grand Palais），左爲小皇宮（Petit Palais）；其實這兩幢建築都不能稱爲皇宮，因爲大皇宮裡沒有皇帝，小皇宮也沒有皇帝，不過小皇宮曾一度是波旁王朝——法國最後的一個王朝——開會的會議廳，總算沾上了一點王氣，但也僅此而已。

大皇宮完全與皇帝扯不上任何關係，完全是十九世紀末工業的產物，是法國科技炫耀的一種方法，也是法國躍躍欲試欲登上工業顚峰的試金石，它與巴黎鐵塔的興建負有同樣的使命。

十九世紀時，歐洲各國爲展現自己的工業力量，在一八五一年時，由英國在倫敦首先舉辦第一屆萬國博覽會，從此之後，法、德、義、美等國家立刻跟進，於是揭開了博覽會熱，從一八六七年到一九〇〇年，短短的三十三年間，巴黎就舉辦了三次，可見巴黎熱的像跳蚤一樣了。

巴黎每舉辦一次萬國博覽會，都會添建很多臨時的東西，巴黎鐵塔是，大小皇宮也是，這些建築原應在博覽會後拆個光溜溜的，還給巴黎原來面目，但接著第一次世界大戰暴發，巴黎鐵塔成爲最佳的通信網，所以保留下來了，大小皇宮則因巴黎迫切需要展覽會場，所以也保留下來了，這應該是它們的幸運。

以往每個歐洲國家，不論誰來主持萬國博覽會，都以展現國家工業爲主，因爲一個國家的強弱，就看國家的工業能力，所以建了許多鋼鐵的東西，後來這些鋼鐵東西，在炫耀一陣之後，都變成了鐵水，但自一八八四年萬國博覽會起，巴黎工業家已意識到藝術文化對工業發展的重要性，於是決定建築一個「藝術之宮」，將工業產品與博覽會昇華成具有藝術氣息。

在這個意識下，一八八四年八月，一張接一張的設計藍圖湧進了巴黎萬國博覽會委員會，設計圖不僅是一幢建築物，還有它的周邊以及整個地區的環境規劃，他們似乎主宰了後來的巴黎面貌。

大皇宮工程終在一八八四年三月開工，由吉候（Girault）爲主工程師，以德蘭（Deglane）與湯瑪斯（Thomas）爲副，以魯費（Louvet）設計的建築圖爲主，還參考了其它的建築圖，一開始就著意結合所有當時建築的最新科技，如鋼筋水泥、鋼鐵、玻璃……，在短短的三年中就完成了大小皇

✿聖雅克教堂建於1508年，高52公尺，為哥德焰火式建築的精華，精密細緻的雕刻是它的特色。有人說它不是教堂，而是一座大石頭雕塑——你說呢？

宮附近的綠地規劃與全部建築，現在在大皇宮的主建築大廳入口的正上方鑲著一排金色的大字，其意是：「此建築乃共和國爲法國藝術之光所造」。

大皇宮開幕後極受人喜愛，做爲展覽會場，它有一個特色，即寬敞明亮，它無窗也無柱，全部光線來自屋頂的玻璃天花板上，因此是自然光，全部支撐力出自牆壁的鋼板，因此視線一無阻礙，在當時的條件下，可以說它是鋼鐵與玻璃的「怪物」。而奇妙的是，巴黎人也愛上這個「怪物」

了。萬國博覽會後它還能留下來，部分原因就是，它乃是法國的「藝術之光」。

大皇宮有三個展示中心，全部占地約一千五百平方公尺，走進大皇宮，使人最驚訝的就是視覺的寬敞，好像進入一個一無阻攔的世界，玻璃和鐵構成的大穹頂，高高的罩在頭頂上，雖無皇宮之實，氣魄倒是猶有過之。

不過這個曾經光輝一時的炫耀大建築，已經超過一百歲了，它的鋼骨有部分已經鏽了、蝕了、爛了，原是密不通風的，今日已滿身都是「漏洞」，因此現在已變成了巴黎的負荷，巴黎不能把它拆了重建，因爲那麼做，它曾有的光輝歷史也隨之俱去了，但如抽換鋼骨，所需費用比新建還昂，巴黎將何去何從？因此在千禧年，你所看到的大皇宮將是一個有千百萬個漏洞的大「漏桶」。

無聲勝有聲？

法國人一點也不相信無聲勝有聲，因此他們才能創造出好音樂，因此他們什麼東西都可以當樂器，最新最流行的一種樂器是汽油桶，這在中國人看來，似乎也是一種瘋。

巴黎最新最大的盛事，就是在一九九九年多了一個音樂博物館。這個博物館建在巴黎東北角拉維耶特（Villette），專門展出全世界最美、最完整，也最多種的樂器，還有「聲音」。

在這些展品中，可看見十七世紀的威尼斯大魯特琴、義大利著名的格里摩納弦樂器、比利時荷語區魯克爾斯世家的大鍵琴、薩克斯風族樂器的發明人的作品、法國作曲家及樂器研究專家薩克斯收藏的銅管樂器……，光看這些罕見的珍品，就會大叫大開眼界。

其它較普通的樂器也琳瑯滿目，有古提琴、十三世紀的絃樂器Vielle、小提琴、法國號、十六世紀的雙頭大琵琶、短號、薩克斯風、木琴、齊特拉琴……。

爲了使觀光客很快進入音樂領域，將展覽場分爲九個部分，每一部分各有一個主題，通常是圍繞某月某日、一個地點或者一件事，而展出樂器的原由與歷史背景，藉以凸顯整個事。例如第一展覽場的主題是一六〇七年蒙台威爾斯在貢薩格公爵的府第完成了《奧菲爾》這齣歌劇，義大利巴洛克音樂由此而生。展覽場內有一個小模型，旁邊放置樂器，使人聯想到當年的樂團，四周的牆上則是當年的史料。

其它的主題，如一六七四年法國作曲家盧利在凡爾賽皇宮發表《阿爾賽斯特》、一七五五年法國作曲家拉摩在巴黎羅浮皇宮發表《達達努斯》、一七七八年莫札特在巴黎杜麗樂皇宮發表《巴黎交響曲》、一八三〇年白遼士假巴黎音樂學院發表《幻想交響曲》、一八三一年德國劇作家麥亞白爾發表第一部法國式歌劇《勞伯鬼》……等等等等。

音樂博物館的裝潢，以藍調爲主，看起來有些冰冷，再加冰冷的樂器，似缺少暖意，但在參觀之餘，對各種造型奇異的樂器，可能已著迷不已。誰曾看過嵌鑲象牙、鱗片、金銀財寶的樂器？但這些並不重要，重要的是它們究竟能發出什麼聲音？博物館爲了滿足參觀者的好奇心，當參觀者在看到什麼樂器時，也同時讓參觀者聽到它的樂聲，於是在展示會裡，裝設了紅外線耳機，任何參觀者都可免費試聽，這些音樂都是這些樂器當年演奏時留下來的，不是由另一個樂器的聲音配上去。

樂器會隨時日演進，逐漸變化，製造樂器的技術也會進步，當我們今天在欣賞巴洛克音樂時，因爲這些進步，有些音可能與前代不同了，因此我們不一定能準確的揣測出原作曲家想表達的是什麼，這就好像把羅浮博物館裡的繪畫原作換上仿作，其不對味是一定的，這就是爲什麼有些演奏家以自己擁有某某名琴爲榮，因爲這個琴「述說」的才是這個音樂家眞正的聲音，倒不是這把琴有什麼了不起的名貴。在這個博物館裡有多把十七世紀的小提琴，但沒有一把是完整的，那我們如何能知道盧利或其它大師級作曲家聽到的究竟是什麼聲音呢？爲了讓原音重現，博物館裡的稀有樂器就更加珍貴了，譬如博物館裡收藏了一把一六五九年洛林弦樂器製造商人梅爾達製作的小提琴，至今仍保存完好，那麼我們就可聽到它的眞正聲音了，這與一六五九年作曲家聽到的聲音完全一致。

博物館裡有一把一六四六年比利時著名工匠魯克爾斯在比利時安特衛普完工的琴，原本就是當世名琴，在十八世紀時，爲了迎合當代人的口味，曾由著名的手工業藝人達斯甘加工補修，完工後的琴，當更名貴，現在它是鎭館之寶。

音樂可以洗滌心靈，可以透過時空，但要把音樂普遍化並不容易，巴黎有一群瘋人們，他們想完成的夢，就是把音樂浸入每一個人的心裡——他們似乎沒有完全成功，也沒有完全失敗，因此他們還有人在前仆後繼的努力。

古蹟殺手

許多國家靠祖宗留下來的東西大發觀光財，巴黎就是其一，因爲祖宗留下來的東西也是要錢的，而且是很多很多的錢！看來靠祖宗的遺產賺錢是愈來愈困難了。

巴黎爲迎接地球上的第二個千禧年，幾乎爲所有的重要古蹟徹底的「洗面」一次，包括一磚一石，包括雕像的手指甲縫。這一次「洗」，不是用水，而是用雷射。

炎炎日子中，每日呼吸污濁空氣的，不單是人與生物，還有那些古蹟，人被污濁的空氣壓迫得喘不過氣來時，還可以逃避，但那些古蹟就無能爲力了，因此它們的身上落滿了數個世紀的灰塵，而且年齡愈大的灰塵愈厚。

這種現象本是世界性的，巴黎最嚴

✿巴黎聖母院建於西堤島上，是巴黎的源起之地。讀過雨果的《鐘樓怪人》嗎？這是一本杜撰的書，但一直到現在，還有人希望在這裡見到鐘樓怪人。它那方形平頭的鐘樓後來成為天主教建築的範本。

重，因爲聖母院、凱旋門、羅浮、巴黎裁判所附屬監獄，還有遍巴黎的古建築……這些古蹟的年齡都老大了，在風雨以及污濁的空氣長年摧殘下，有些已經消失了，有些正在消失中。這些古蹟、古紀念碑、古建築多是由淡金黃色石頭與石灰岩搭蓋的，像藍燈堡（Chateau Landon）一樣，現在它就處在工業污染和廢氣的惡劣環境裡，已窒息得快要報銷了。這些古蹟有些雖每隔幾年就檢修一次，可是很快的它又生斑、潺濕、起泡、發霉，最後漆黑一片。古蹟保護者說：「如果我們再不及時拯救，我們就沒有時間了！」

二十世紀六〇年代曾做過一次大規模的整修行動，使用了三種方法，一是用一種叫做「鐵軌」的鐵鋅刨削器，它可以刮下五公釐厚的污垢，但它也會刨壞古蹟；第二種是強壓噴射式可同時噴水與沙的噴沙機，但它替古蹟「洗澡」的結果是，強爲古蹟剝了一層外皮；第三種是使用一種可使石頭變爲多毛孔的Karcher打光法，但這個方法會使古蹟喪失原有的光彩，並且弄巧成拙的還會替古蹟「剝一層皮」，日後還有清洗之煩。

現在專家有一個概念，對古蹟必須要用較輕柔的方法，要先「擦」掉污泥，再用微波的沙噴射機和雷射光處理，但這樣費時久，且費用也昂貴。

知道這麼清潔一次需要多少錢嗎？答案是每平方公尺一千兩百法郎，也即兩百美元！而且五年後還必須再來一次！

博物館也有大麻煩

巴黎大大小小的博物館究竟有多少？迄今仍是謎，因爲有些私人的博物館只是一張桌子或者一張畫，它算不算博物館很成問題，不過一般說來，有模有樣的公私立博物館有一百六十八個，這是普遍受人承認的。但這些博物館在二十世紀末進入二十一世紀時，統統出了大麻煩，那就是如何防盜。

巴黎各博物館，每年平均被盜二十件藝術品，這個數字如果跟全法國公私收藏五萬五千件相比，數目微不足道，但件件卻是無價之寶。那麼難道博物館不知道防盜嗎？錯了，博物館當然做了，只是高昂的保險費叫人不知怎麼辦。一九九三年至一九九八年間，法國博物館管理局爲巴黎三十二個博物館所付出的保險費是一億一千五百萬法郎，約是兩百三十萬美元，這個費用不包括羅浮博物館，因爲單它一個就超出這些費用。

有的博物館採用高度精密監視設備、有的採閉路電視、有的有防盜櫥窗、有的雙管齊下，但還是無法阻擋盜竊，負責博物館安全的人說：「我們很難把博物館改建成堡壘。」

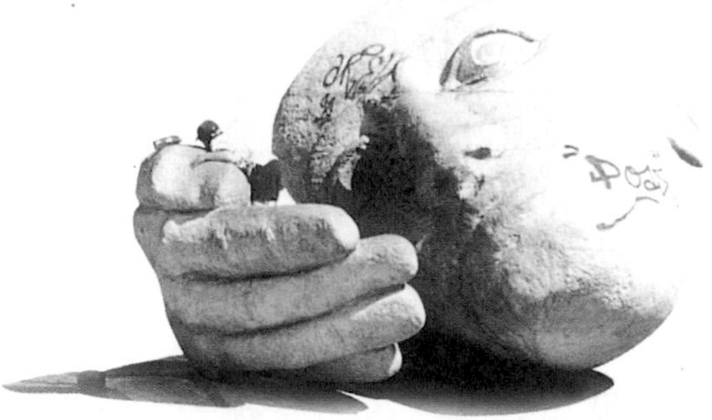

有人說，如果把畫釘在畫框上，再把畫框釘在牆上，那就可高枕無憂了。一九九八年五月二十三日，仍有人能從容的把一幅卡密爾的畫從羅浮博物館裡帶走；負責安全的人說，這種智慧性的竊賊現今已少見了，但「敢死隊性」的竊賊卻愈來愈多，也是一九九八年五月二十五日的夜裡，安泰（Jacruemard Andre）博物館來了八個人，他們合駕著一輛小客車，衝進博物館，這個「敢死隊」已經看好了目標，包括一座寬一公尺的路易十五式的大鐘，以及其它九件藝術品，當安全人員從警鈴中得到情報時，竊賊已逃之夭夭了，前後僅四分鐘！

那麼博物館怎麼保護它的珍藏？除了提高門票價格外，只有把最珍貴的收起來，給人看的是次珍貴的，或者是仿造品，但在說明上註明。感謝羅浮博物館，它展出的蒙娜麗莎、維納斯雕像、勝利女神雕像，「今天」還是眞品！

「英法戰爭」

英法兩國，隔英吉利海峽遙遙相望，除了一三三七年到一四五三年的百年戰爭外，沒有什麼重大戰爭，在第一次世界大戰與第二次世界大戰時，還能互相幫助，因此應是邦交和睦的國家。

英國是個海島型的國家，在歐洲人看來，有點封閉，但英國與歐洲大陸之間，每日有八萬五千人次的來往，大型貨運汽車約在一萬輛之多，因此法國有一個夢，希望有一天能從法國「步行」到英國，但英國也有一個噩夢，那就是「眼看著」法國人眞的從陸地上走過來。

✿聖厄斯塔什教堂起建於1532年，但到1637年才完工，它以混合了不同時代的建築風格而知名。它的雨漏遠遠看起來像大炮，數量之多也叫人吃驚，竟不下150個。教堂前的現代大石雕是「回憶」，你看它像在回憶嗎？

爲什麼兩個國家的夢恰好相反？因爲英國人不相信法國人！

首先是英國的島國心態，島國不想與他人來往，這是重要的，再來十五世紀時，英國成功的逃過歐陸的黑死病，這更加強了島國心態的發展，當然，時至今日，這樣的理由已不能成立了，因此換了另一種說法：害怕法國人侵略！

十八世紀末十九世紀初，拿破崙就曾有這個夢，拿破崙沒有強大的海軍，卻有強大的陸軍，因此他要他的陸軍從海上「走」過去，拿破崙的辦法是：先在英吉利海峽的某一個地點，建一個人造島，再分別由島上架橋，一通法國，一通英國，如此拿破崙的軍隊就可以從橋上直接「走」到英國了……只可惜英國人識破拿破崙眞正的目的，所以未能遂願，今天拿破崙的屍骨已寒，但不知怎麼，膽小的英國人對拿破崙的惡夢還是揮之不去，所以當一九八三年法國重提建海底隧道時，英國人不情不願，像是簽城下盟似的！因此有些英國人稱這一隧道是「疾病隧道」！英國人不想再有歐陸黑死病的惡夢。

英法海底隧道，由法國的克蓋爾（Coquelles）到英國的佛勒斯東（Folkestone），全長五十公里，其中只有三十六公里才是眞正的在海底下，隧道位於海平面一百公尺下，深入海底四十公尺，由巴黎到倫敦，如搭乘穿越海底隧道的子彈列車，只需三小時三十六分鐘，如果將來英國鐵路系統能夠改善，那麼還會再節省四十分鐘，可惜英國沒有這筆預算。海底隧道列車每班總長七百七十五公尺，一次可載一百四十輛大型貨車，以及四千人。上車與下車僅需四分鐘，設計非常現代化，有「玻璃宮殿」之稱。

就是海底隧道通車有年了，英國人與法國人的通車磨擦還沒有結束，因爲海底隧道的火車命名爲Shuvette（飛梭），這個字是英文，法國人問：「爲什麼不是Navette？這才是法文！」英法兩國有一小時的時差，爲管理的方便，列車時間表的簡化，海底隧道使用的時間是法國時間，就連終點站倫敦滑鐵盧火車站的時鐘也是法國時間，因此英國人問：「法國那端是不是使用英國時間？爲什麼不是？」海底隧道火車在法國那端是每小時三百二十公里的時速，可是一過海底隧道，就減速爲英國的八十公里了，這使法國人火冒三丈，法國人說：「英國要奔向二十一世紀，還要先懂得怎麼修路呢！」

歐洲的活化石

在歐洲，不論哪一個大城，都會看見吉普賽人，他們皮膚白皙，語言特殊，成群的來去，有時向路人伸手討錢，有時手抱嬰兒，爭取路人憐憫，更有的時候，他們下手扒竊。吉普賽人的道德觀與我們習知的不一樣，父母出賣親生子女不以爲恥，子女被賣來賣去一再轉手，子女本人也不以爲恥，他們所關心的反是身價的高低，一個十二歲的吉普賽女孩在法國法庭裡憤憤不平的說：「我每天可偷五千塊錢，但我的主人只把我賣了兩萬塊錢！」就這個女孩的記憶所及，在她十二年的生命裡，她的眞假父母已多到二十四個，也即被轉賣了十二次。她不覺得這些販賣有什麼不對，也不覺得一再更換父母有什麼不好，只是希望自己的「身價」愈賣愈高。

吉普賽人的這種生活方式，幾千年來沒有什麼改變，因此在歐洲人的眼中，他們是一個不肯上進的民族，也因此歐洲人稱他們是「歐洲的活化石」。

吉普賽人雖生活在歐洲，但他們卻不是歐洲民族，那麼他們是從哪裡來的？因此他們的身世成謎。當他們最初在歐洲出現時，歐洲人無一稱之，因此猜想他們是埃及（Egypt）人，由是把他們稱

✿巴黎附屬監獄曾是皇家大牢，但最後關的是路易十六與他的皇后瑪莉安東尼。他們分別地、先後地從這裡走出去，從此身首異處。目前這裡還保有瑪莉安東尼生前居住的牢房。

為「埃及入侵者」（Egyptian Invader），吉普賽（Gypsy）這個字，就是從「埃及入侵者」轉音而來，不過今天我們已經知道，吉普賽人原是印度北部地方旁遮普省的「賤民」，印度把人分做六等，僧羅普人是最高民族，「賤民」是六等民族中最低等的民族，他們在家鄉無以為生，因此在四千年前不得不遠走天涯，但他們不論在什麼地方，生存環境都很惡劣，因此他們發展出一種奇異的生存方法，再加他們不肯融入當地國的文化，自己又不求進步，因此現今他們已是一個人人喊打的民族，到處都不受人歡迎。

全世界有多少吉普賽人？因為沒有人統計，因此沒有人知道，但依估算，人口約在四十萬左右，大約分佈在英國、法國、西班牙、葡萄牙、義大利、巴爾幹國家以及俄羅斯，但以西班牙南部的塞爾維亞（Seville）及羅馬尼亞最多，特別是羅馬尼亞的西比（Sibiu），大約有五萬人，因此西比可說是吉普賽人的「首都」。

吉普賽人只有語言，沒有國家，沒有土地，沒有文字，沒有文學，沒有藝術，因此它也沒有歷史，更沒有傑出的人才，它有的只是扒竊的藝術，他們常常利用未成年的少年，幹些扒竊偷盜的小案，在西歐對未成年少年犯不追究的保護法下，幹盡沒道德的事，這也是他們不受人尊敬的原因，因此在巴黎遇見的吉普賽人，都不太好惹。

在巴黎，每當面貌姣好但滿身骯髒的吉普賽小孩伸出骯髒的小手，向你討錢的時候，你怎麼辦？你能說：「討厭，滾開！」嗎？還是乖乖的給錢？但不論給或者不給，一轉身，你的錢包不見了！巴黎這些吉普賽人小孩，可說是扒竊天才，他們能把扒竊到手的錢包，在十秒鐘內轉手給十二個人，就算能抓到下手行扒的人，但因錢包早已不在他的身上，也即證據已消失，又能對他奈何？再說他們還未滿十二歲，就是抓到證據，又能奈何嗎？最重要的是，他們天生可愛，又怎忍把他們送交警察？再說你眞要把他們送交警察，那時就突然出現十個、百個吉普賽小孩子包圍你，這些人拉拉扯扯……這些這些，倒霉的事夠了！夠了！你已沒有勇氣非要把小扒手送警察不可了！

打落水狗的文化

政治是什麼？英國哲學家康德說：「政治是權力平衡的藝術。」朱高正說：「政治是高明的欺騙藝術。」王建煊說：「政治是不誠實的事業。」……

民主國家有一個現象，就是每隔不了幾年，就有選舉，每次選舉前，各候選人彼此互相攻訐，選舉後，勝利的上台，失敗的下台，上台的除了欣喜萬分外，還得到了羞辱下台者的權力，也就是打落水狗的權力。

法國這個文化古國，當然也不例外，只是法國人比較幽默，雖然對打落水狗的事，絕不留情，卻不見血，因此打落水狗的時候還是「文質彬彬」的。

一九八六年法國國會議員改選，左派兵敗如山倒，許多在電視上走來走去的左派政治明星，不得不下台，這種結果可能就是連他們自己也未料到。左派失敗，左派總理法畢士先生連夜奔出總理府，因爲總理府有了新的主人，沒料新總理入主之後，總理府裡傳出了這些損人的趣聞：

「喂喂，你是法畢士總理嗎？我想和法畢士總理說話。」一個人在電話中說。

✿聖路易教堂建於1679年，高107公尺，它的純金金頂在陽光下非常耀眼。在它的底下是拿破崙的墓，拿破崙被17噸重的棺蓋蓋住，石棺的石材取自拿破崙的家鄉科西嘉。

「啊，先生，法畢士先生現在已不是總理了，他已不在這兒了。」新上任的總理說。

幾分鐘後，同一個人，同樣的電話，又再打進總理府了，新總理的回答也是如舊。

再幾分鐘後，又是同一個人，同樣的電話，新總理的回答也是如舊。

再再幾分鐘後，又是同一個人，同樣的電話，新總理不禁有點冒火了，因此新總理在電話中大聲的說：「先生，你到底想幹什麼？我不是已很清楚的告訴你了嗎？法、畢、士、先、生、再、也、不、在、這、兒、了！」

沒料電話那頭傳來悅耳的聲音：「我當然清楚法畢士不在這兒，可是當你這樣說時，你可知道我的心是多麼快樂嗎？」

一九九三年，法國改選國會議員，在開票的當夜，一個法國電視台配合開票，播報現場新聞，另一個電視台出現了《布偶戲》節目。這次選舉，左派大輸，因此這個《布偶戲》節目似乎就變成羞辱那些失選的左派人物的戲了。

這個節目一開場，因爲選票已開出了三分之一，顯示左派已經大輸，因此左派總統密特朗與左派總理貝赫戈瓦都已負傷累累，滿身都是繃帶，在他們兩人的背後，還有隆隆炮聲，似乎還有敵軍馬上就要殺到。

就在這炮聲中，探子來報：「杜馬倒下了！」杜馬是外交部長，後來因軍售台灣拉法葉軍艦回扣案發，倉皇「暫停」官職。

這一個探子未走，另一個探子又報：「梅赫瑪滋倒下了！」梅赫瑪滋是國會議長。

頃刻之間，另一個探子又報：「舒梅倒下了！」舒梅是工業部長。

一時之間，總統密特朗與總理貝赫戈瓦身邊全是陣亡者的屍體，這些屍體幾乎把總統密特朗「埋」起來了，到了最後，全部開票完畢，左派果然大輸，《布偶戲》節目主持人把密特朗這隻布偶撿起來說：「節目已經完了！」沒料密特朗這隻布偶突然從節目主持人手中跳出來說：「誰說節目已經完了？還有我的戲！還有我的戲！我還有五年任期呢！」

留住一個時代

巴黎人很重視歷史，自小讀歷史書籍，愛護古蹟，並與歷史古蹟結緣，也自覺他們的歷史感是最豐富的，因此與巴黎人聊天，一個沒有歷史知識的人，就很難打開話匣子了。

這種瘋狂，可說所在多有，舉一個小例子，如古屋、老路、老樹，遍巴黎都是，這些東西在巴黎雖不起眼，也看不出來與歷史有什麼瓜葛，但市長大人別想動它分毫，否則就是抗議，就是示威，市長大人還要不要選票？如果要，那就乖乖的不要動它！前不久一個巴黎區長爲了修路，必須砍倒一棵很礙事的老樹，區長大人深深知道，如果他廣召區民要求同意，那麼必是一事無成，因此他出了妙計，他派了一個推土機，不聲不響的，在黎明來臨之前，一不做二不休的，把它一鏟子就剷倒了。區民清晨醒來一看，老樹早已躺在地上了，於是區民追究責任，當然區長不認罪，區長怪推土機駕駛，推土機駕駛怪機器：「因爲推土機的倒退閘失靈」。信不信由你，反正老樹躺在地上了，現在再怪罪什麼都已沒有用，區長的目的達到了。

在這「歷史感」的使命下，市政府有權指定某些老屋是歷史老屋，是有價値的歷史建築物，一旦被市政府相中、指定，就是定案，因此許許多多的私人老屋也變成了市政府的文化財產，而被指定的私人屋子，就失去了翻新、買賣、維護等的自由。有時這樣的指定，還包括屋子內外的陳設、裝潢，以及私人的傢具之類。有時候，一些古建築朽了、爛了，但因它曾在歷史上扮演過重要角色，或者它的建築式樣具有代表性，巴黎市政府也會毫不考慮的把它當重要的文化財產，想盡一切辦法搶救，如果實在無法搶救，那麼能留下外牆也好，因此巴黎才不管二十世紀或者是二十一世紀，它永遠守住古典的世紀，它不想隨著時代改變外貌，這也就是今天觀光客所看見的面貌。

不但這樣，一些老字號的商店也因歷史感十足，成爲巴黎的文化財產，也在保護之列，例如利普啤酒店（Lipp Brasserie）就是最近上榜者之一。利普啤酒店開業於一七九○年，除了供應啤酒外，還供應咖啡、便餐，以及其它酒類。自普利啤酒店開張以後，法國的前輩先賢們，就在它的雅座上、在啤酒的泡沫裡，經過一次又一次的協商，成立了第一共和、解散了第二共和、建立了第三共和，也是在這裡，不同的人，在香檳與生蠔間，從第四共和過渡到第五共和……我們很難相信法國的一部分歷史是在這貌不驚人的啤酒店裡寫的。

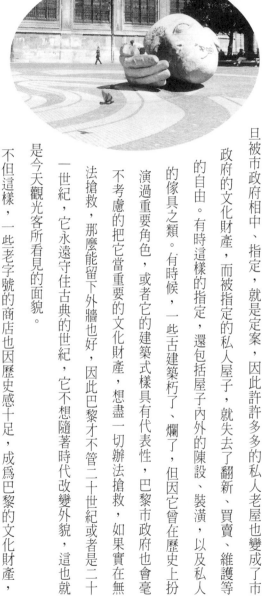

利普啤酒店似乎也在等著這麼一天，一直以來，在它的歷史感作祟下，它也拒絕前進，它不准攜狗入店、不收信用卡、不供應淡菜、朝鮮菜等，也不供應可口可樂，它堅持它的客人應與兩百年前的客人享受同樣的菜與同樣的招待，而奇的是，它的生意竟兩百年來皆是鼎盛。當全世界都拚命奔赴二十一世紀時，巴黎人似乎瘋狂的想留住一個時代！

第六章

其他

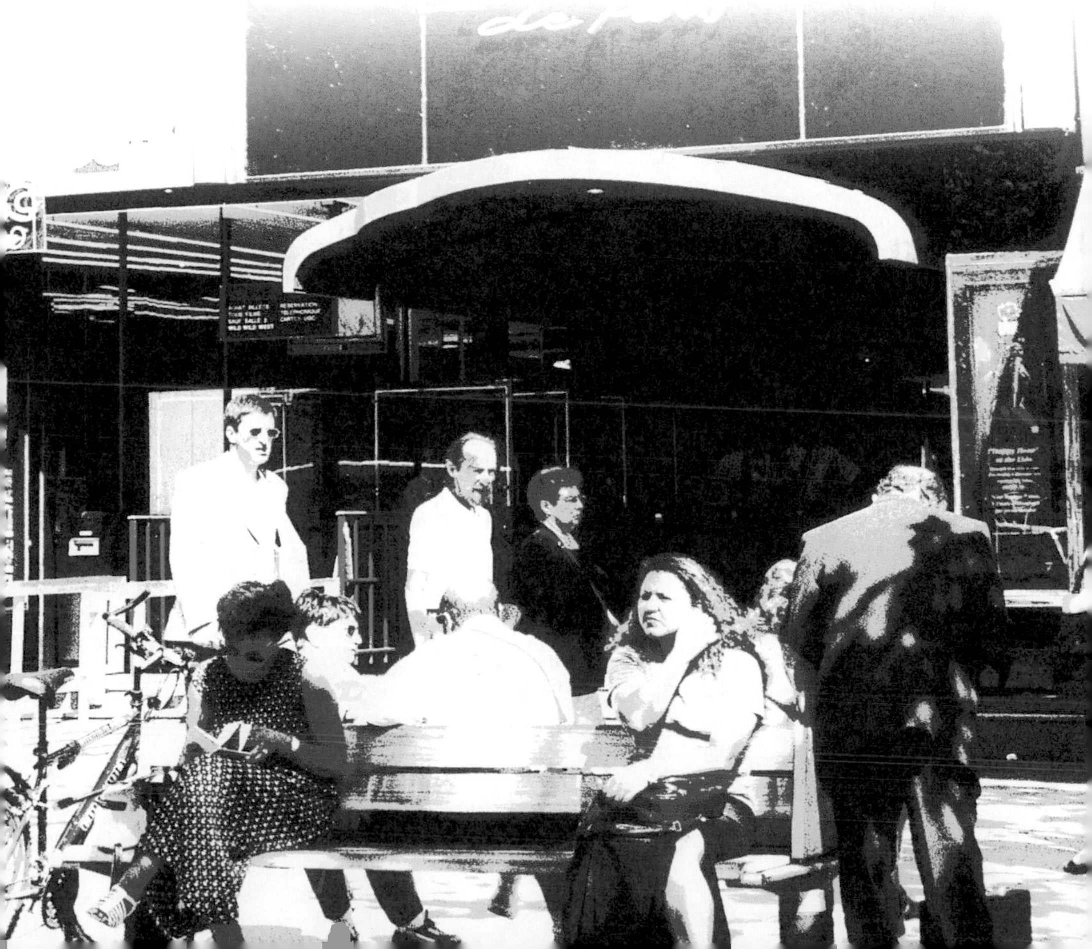

法國人的法語之戀

法國是一個不愛說外語的國家，什麼外語都不喜歡，包括英語在內。這裡有一個「趣譚」，一個人去看醫生，他不會說法語，他說的是英語，但這個法國醫生似乎不懂英語，於是雙方比手畫腳一番，所幸最後大功告成，但在坐下來付帳後，這位法國醫生竟連串的說的都是相當流利的英語，於是這個病人很驚訝的問：「怎麼？你剛才怎麼不說英語？」醫生淡淡的說：「這有很大的不同，剛才是工作，現在是聊天！」

天呀，看！法國人的法語之戀多麼厲害！他們在工作的時候拒絕說英語！……不過這不能怪法國人，因爲近十年前他們在他們的憲法裡加了一條：「法國使用法語」。法國人使用其它語言是「違憲」的！

除了憲法外，法國人很愛他們的法語也是原因之一，因爲法國人認爲法語是世界上最優秀的語言，任何語言都要拜倒在它的腳下，因此就是會說外語的法國人也不肯輕易說外語，這與中國人嘴巴上經常叼幾個英文單字的習慣很不相同，這與中國的當朝一品更是演滿堂紅大異其趣。

法國人爲什麼對法語有這麼深的戀情？因爲法國人不但認爲法語是世界上最優秀的語言，還是愛國語言，而法國人的愛國精神，是世界最高的，舉例來說，在國難期間，法國政府要求：「有錢出錢，有力出力」，結果是有錢出錢的沒有來，有力出力的都來了——那些有錢的也來出力了！

法語是不是世界上最優秀的語言？當然，我們不能承認，因爲每個國家都認爲自己的語言才是最優秀的，不過我們不能不承認，法語確是世界上最優美的語言之一，但是法國的這個法語，能得這個美譽，卻有一段掙扎的故事。

如果我們翻開十四世紀以前法國的文學作品，就會很快的發現，這些作品字詞涵義不清、文法錯亂，如果我們說這是世界上最優秀的語言之一，恐怕沒有人同意，但自十八世紀以後，特別是福樓拜（Flaubert）的作品，我們想不承認恐怕也不行，因爲此時的法語已有長足的進步了，已脫離了吳下阿蒙的時代。

法語的進步，可以分幾個時代。法國早在十三世紀就建立大學，今日巴黎的索邦（Soubon）大學在十四世紀時，就贏得「世界知識的烤箱」之譽，而索邦大學最著名的就是文學系，但天可憐見，那時的索邦大學還沒有把法語看在眼裡，它傳授的是拉丁語。

這些法國莘莘學子天天拉丁語，因此害的整個區的商人也都跟著是拉丁語，因爲不說拉丁語就做不到學生的生意，這就是今日巴黎的「拉丁區」的由來，但由於那麼多莘莘學子愛上拉丁語，由

✿羅浮博物館裡面全是藝術精品，它的外面也被藝術品包裝了。

這也可證明，起碼在這個時代的法語，還稱不上優秀的。

十四世紀到十五世紀，英法兩軍在現今的落花河（Lorive）谷擊戰，史稱百年戰爭（一三三七～一四五三），這場戰爭最後雖是法國勝利，但卻爲法國製造出一批馬背上的英雄，法國原已不多的藝文氣息，就更加少了，但是戰爭既已打完了，這批馬背上的英雄閒來無事，就要享受了，因此皇帝貴族等都大建宮室，繪畫雕刻藝文也在這種享受之風下興起，史稱這一時期是「歐洲文藝復興」時期。但，又是天可憐見，這些馬背上的武夫，懂什麼藝文？他們只會每天把精力消耗在狩獵上，對藝文這文謅謅的事兒，壓根兒沒有興趣，但是他們的夫人不會狩獵，那麼她們怎麼消磨時間？於是這些女貴族把精力與財力轉注到藝文上，她們這麼做，有兩個目的，一是附庸風雅，再來也可提高自己的身分。

但是她們也不懂藝文，她們怎麼炫耀自己的文雅？她們的辦法就是成立自己的文藝沙龍。所謂文藝沙龍，與今日的文藝協會約略相當，自己自命是沙龍的主人，只需掏錢，出面或招或約或聘請當時的藝文名家爲會員，然後由這些名家在裡面無所事事的悠哉，這種情形有點像孟嘗君的養士，只是所養的「士」不同。

沒料這種女貴族的沙龍之風竟然成爲潮流，女貴族競相你沙龍我沙龍的，在女貴族渴求藝文人士下，知名的藝文人士當然入了沙龍，就是半瓶醋的藝文人士也入了沙龍，這種沙龍之風，就是皇后也不能免，如亨利六世的皇后，人稱「白夫人」的瑪利安，就在她的雪隆蘇（Chenonceaux）皇宮中設了一個藝文沙龍，像盧梭、伏爾泰等名家，都

✿聖路易教堂。路易十四建榮民院，又為榮民建天主教堂，但現在聖路易教堂已是拿破崙及拿破崙家族的墓地。它的金冠非常耀眼。

是她的「食客」。

藝文之風既然這麼濃厚，那麼法國人是否重視自己的法語了？哦，還是沒有！一五三六年，法國皇帝查理九世參加羅馬由教皇主持的歐洲宗教會議，用的竟是西班牙語！

法國國王竟說外國話！法國人大嘩！因此刺激，法國人這才感受到自己語言的重要。一五四九年，詩人杜貝利（Du Beley）發表《法語的發揚與維護》；一五七九年，作家兼哲學家斯丁納發表《法文的優越性》……一時之間，法文抬頭了，法國人說法語本是丟臉的事，現在卻是新時尚。

不過說法語優越是一件事，是否眞的優越又是另一件事，這只需看當時作家的作品就知道了，但不幸的很，此時的作品文詞不準確，文法混亂，別說優越了，就是是否優美都有問題，不舉別人的作品，只舉斯丁納自己的，就見一盤亂。

在此一時期，法語最大的缺點出在文法，因爲此一時期還沒有定於一尊的文法，結果亂成一團。在這個法語是不是優越的混亂中，我們又不得不把注意力回到那些女貴族主持的藝文沙龍上，因爲此時這些藝文沙龍的性質有些變了，以往女貴族設立藝文沙龍的目的只是附庸風雅，現在卻變成了女貴族與女貴族之間的爭風吃醋，看誰的藝文沙龍養的「士」最多！看誰的藝文沙龍養的「士」最著名！而這時候這些藝文沙龍所養的「士」，也把投身藝文沙龍視爲自己的晉身階，是一種飛黃騰達的手段，不過這些「士」爲了要在女貴族女主人面前凸顯自己，也要在同「士」面前有所表現，因此這些「士」不得不挖空心思想些華麗的詞藻華美的句子討好女主人，或者凸顯女貴族的風采，因此成了語不驚人死不休的時代！

在這些藝文沙龍中，最著名的是宏布里耶（Rambouilet），它的「食客」可能不及孟嘗君的三千，但也差不多了，它獨領四十五年間的風騷（一六二〇～一六六六），名家如莫里哀（Molière，一六二二～一六七三），也是入「食」之賓。

歷史可以證明，這些藝文沙龍中的才子們，對法國日後的藝文一無貢獻，但是他們天天在女主人面前要嘴皮子的結果，倒把法語練精了，也把法語的詞藻要得華麗漂亮起來。

果然，一六三八年，法國第一本《法文文法》出版。《法文文法》導法文文法於一尊。如果我們現在看橫跨這個時代的莫里哀的作品，他前半生的作品，是沒有文法的，後半生的作品，才有了文法。

法文有文法了，那麼法語是不是馬上就是最優秀的語言了呢？當然還稱不上，因爲任何語言從混亂到精緻再到藝術，都是一條長路，可是法國人不管這些了，他們認定他們的語言是世界上最優越的，從此咬定了法語，開始排擠外國語言，當國家在榮光盛世時，法語是法國人的驕傲，當法國落難時，說法語成了法國人的愛國表現。

歐洲工業革命使法國成爲世界列強，法國人帶著他們的堅船利炮航向落後國家，一時非洲有

「法語非洲」之稱，就連亞洲的中南半島、中國少數地區，也成爲它的殖民地。法國人的這種侵略，當然與法語的是否優秀扯不上任何關係，卻幾乎使三分之一的世界成爲法語世界。

但這個好景不長，第一次世界大戰後，法語嚐到了美語的滋味，法語招架困難。緊接著第二次世界大戰又來了，法語開始崩潰。法語有沒有能力自衛？這是每一個法國人都想知道的。

答案很明顯：美語比美國大兵還厲害，美語橫掃整個法語灘頭，法國人根本阻之乏力。但是這不是比堅船利炮的事，是貿易、政治、企業、工業、文化……等等的拔河，因此法國人在這些「粗俗的」美語之前，一個一個失去陣地。

說眞的，法語不失去陣地也不成，因爲法國在國力的各方面都不是美國的對手，法國人怎能拒絕可口可樂、麥克傑克森、瑪麗蓮夢露？

法國人認爲美國的這些暗箭難防，但又認爲自己可以公開挑戰，因此在一九

✿聖心教堂一共有大大小小8個拱頂，還有100個大大小小的拱窗，這是它的特殊處，另外還有一個方塔形的大鐘樓，鐘重19噸。正前方的綠銅雕，一是聖路易國王，一是聖女貞德。

八一年第一個正式挑戰的人站出來了，他是賈克郎。賈克郎不是弱者，他是法國文化兼教育部長。

賈克郎親自領軍，展開法語向美語的絕地大反攻，他要把那些侵入法語中的美語「剔」出去，也要把美國的熱門流行歌詞改成法文歌詞，但誰來「剔」法文中的美文呢？部長認爲法國人長年在美風美雨下，已分不清哪個是法文哪個是美文了，因此把這個「剔」的工作交給英國牛津大學生。賈克郎又在他的部裡成立「法語熱門音樂科」，專責把美國熱門搖滾樂變成法文的搖滾樂。

結果是，「剔」出美文的工作，一「剔」就是一大堆，就連部長大人的演講稿裡也不乏美文，這使這位文化部長自己也汗顏，可是美國熱門歌似乎更混蛋，歌詞法文化後，所有的熱門搖滾樂都熱不起來了，也不搖不滾不樂了，部長這才知道大勢已去了。大家不妨試試，如果把美文裡的yet改成法文的alors，這個美國熱門的搖滾樂還有熱勁在嗎？

這一場硬仗，法國敗的灰頭土臉。

部長想：沒關係，既然不是美國熱門搖滾樂的對手，那麼向美國電影宣戰吧。美國電影這個壞東西，它無所不在，但比較好欺負一點，而且法國人應會愈戰愈勇。

賈克郎部長立刻下令：「所有的美國電影一律必須說法國人的話，否則『拔』掉。」但美國電影還是說美國人的話，「拔」之不懼！可是比這更糟糕的是，一百多個法國電影界名人聯名上書部長，他們說：「我們當然樂意把美國電影『拔』掉，但『拔』掉後用什麼取代呢？」言下之意，以法國電影現有的實力，根本無法塡滿美國電影被「拔」掉後的法國市場。

賈克郎只好拉屎夾尿的再敗下來。

但是法國仍無法容忍美國美語充斥法國文化市場的事，賈克郎之敗，也許因爲他是部長，以一個部長之力當然有限，那麼換個權力更大的，不就「罩」住了嗎？所以這一次粉墨登場的是法國總統密特朗先生。

在全世界上，說法語的國家或是地區，共有五十四個，想想看，如果把這支法語大軍集結起來，那是什麼壯大的力量？於是法國以法語龍頭老大哥的地位，於一九八五年發起每兩年一次的「世界法語國家或地區會議」。毫不違言，法國眞的有資格做這個會議的龍頭老大，而完全扔開美國。

但是當會議在巴黎召開時，密特朗總統驚訝的發現，有些法語國家的代表，竟用「法語以外的語言發言」，所謂「法語以外的語言」，只是外交名詞，意即「美語」。再下去，密特朗總統更發現，在這「世界法語國家或地區會議」中，竟正式的設了英語翻譯，密特朗總統不禁問：「這世界法語國家或地區會議用的不是單一法語嗎？那麼設英語翻譯做什麼？」再接下去，密特朗總統更加發現，不但別的某些國家代表在發言時用的是美語，就是法國與會的代表，也有用美語發言的！

這一下子，密特朗總統不火也火了，但他不能管別的國家的代表，只能管自己的，因此他對自己的這些代表下令：「如果誰還敢在世界法語國家或地區會議裡用法語以外的語言發言，當心頭上的烏紗帽！」

結果是，這個會議因語言問題匆匆而散。

大約也在文化部長與總統都投身法語保衛戰的同時，很意外的，民間也開了另一個法語戰場，而且相當熱鬧。首先，法國人可以不說法語以外的語言，但法國人每年要從法國以外的觀光客中賺取大約一百億美元的觀光財，這些外國人可不喜歡這些法國人只賺他們的錢卻不說他們的話，因此他們不來法國了。

法國能輸掉這一百億美元嗎？當然不能！所以在法國觀光部長的要求下，只好向美語低頭，因此原沒有一個法文以外語文的羅浮博物館，出現了法文以外的文字；原沒有一個法文字的法國著名餐館，菜牌上也出現了法文以外的語文；甚至原沒有一個法文以外的字的火車站，也出現了法文以外的字；法國其它的歷史景點，也是一樣。法國觀光部長要求法國人對外國人體貼一點，如果能說法語以外的語言，那麼說之無妨，「反正愛國的情操可用其它的方式表現」！

法語與美語之戰，只好再敗。

可是就在法語到處屋漏的時候，偏又逢連夜雨。所謂「連夜雨」，指的是法國人與法國人因法語所打的「內戰」。

從十八到十九世紀，法國靠堅船利炮，攻下了許多殖民地，法國人也喜孜孜的把法語帶給它們，世界上不是有五十四個法語國家或地區嗎？除法國自身以外，其它的法語國家就是這麼來的。以往這些殖民地很落後，法文教育也不足，但經過這麼長日子的調息，這些殖民地的法語，不但創出了自己的用法，且根底已不弱了，因此有可能與眞正的法國人比賽法語，更重要的是，這些原是殖民地的殖民，因回流的原因，他們要在法國人的土地上建立他們的法語。

✿席地而坐的自助旅行者，把寬21公尺的香榭麗舍大道行人道當作餐桌了。

這些人中，有些是以法文從事寫作的作家，有些且在法國成爲名作家。

這些膚色不是白色、所用的法語也不完全同法國人的法國作家，他們在巴黎成立「法國作家協會」（Association des Ecrivians Francoise），自是順理成章的，但那些白膚色的法國作家說他們使用的法語不是高盧（Gulles）法語，他們馬上另外成立一個「法國人法文作家協會」（Association des Ecrivians Langue Francoise）以對抗。雙方都堅持自己的法文是「正宗」——一個龍頭加五十三個國家或地區都是「正宗」！

法國人爲法語大打「正宗」戰，這笑壞了美語，因此美語更加攻城掠地了。

說眞的，法語爲什麼這麼節節敗退？是法語不優秀了嗎？這倒不是的，而是法語太難學，我的法國朋友對我說：「幸好你不是法國人，你可以不必學法語！」言下之意，他投錯胎了，才要學鬼它媽的難學的法語！現在法國人終於如願的在一九九二年七月十一日把「法國的國語是法語」加進去，看來這只是與美語對抗的宣言而已，不能當眞的，因爲在這宣言才宣佈沒有幾天，法國就把穿越英法海底隧道的火車訂名爲「歐洲之星」（Uerostar），或者「飛梭」（Shuvette），不幸的很，Euro是美語，star又是美語，Shuvette更是美語！法國人爲什麼放著法語不用？法語面對美語，似乎有「氣」，但無「力」！

巴黎唐人街

中國人在巴黎的歷史，是最被人忽略的一章，不但法國人把它遺忘了，就是中國人也少有人注意，如果要有，也是虛晃一槍，沒有眞下功夫研究，不過近年來出現了幾個學者，曾對某一件事、某一個特定時期，做過專題研究，可是這在浩瀚的中國人事中，只是一滴一露，眞正肯下研究功夫的，反出現了幾個法國學者。

根據張寧靜《法國華僑概況》（正中書局，民國七十七年）所述，清同治五年（公元一八六六年），中國提督傅斌春奉總理衙門之命，隨英人赫德（Robert Hart）赴歐考察，當他來到巴黎時，他很驚訝的發現，巴黎已有中國人的足印了。這是中國正式文書上第一次有關巴黎華人的記載，至於這些中國人是怎麼來到巴黎的，並無記錄。

歐洲人對中國人的記載，反比中國人較早，舉其中一例：「耆英號」（Keying，也有人譯爲「其英號」）是一艘中國帆船，全長一百六十呎，寬二十三呎，貨艙深十六呎，可載貨八百噸，全部用上佳柚木製造，它在一八五〇年九月從廣州啓航，原擬直駛英國，但在繞過好望角後，因船內糧食不

✿索邦大學在十四世紀時有「歐洲的知識倉庫」之稱，但天可憐見，那時的歐洲人還沒有見到美洲，與亞洲也只有透過絲路斷腸似的微弱連繫，因此「倉庫」之說似有點誇大了。

足，水手又不耐久航，不得不改駛美洲補給，後來終在次年三月到達英國利物浦，四月到達倫敦，因爲這是英國人第一次見到中國帆船，所以上了媒體，造成轟動，連英國女王維多利亞（Victoria）也來參觀，剛好這一年五月一日起倫敦舉辦萬國博覽會，於是耆英號就被英國人陳列在海德公園裡，成爲一時盛事。

根據後人零星的研究，中國人來到巴黎，走的大約是兩條路線，一是西伯利亞大鐵路，到了莫斯科後再逐漸轉過來；二是海路到馬賽，再由馬賽北上。但這兩條路都崎嶇不平，耆英號就是例子。

法國自由投稿記者史漢（Donatien Schramm）與中國沒有什麼緣分，他的華語七零八碎，也很難叫人聽懂，只因娶了一個溫州太太，所以一頭栽進巴黎華人歷史裡，他的法文著作已由巴黎Autrement出版。這不是一本很完整的巴黎華人歷史，但卻是投入最深的一本。

史漢爲寫這些華人在巴黎的歷史，收集了一百三十多張早期華人的照片，還有一些法國人早年印製的有關巴黎華人的圖片，這些圖片有些很有趣，如十九世紀法國絲線經銷商印製的中國年曆，上面竟還有中國官老爺的尊容；另外還有巴黎《插圖畫報》（*Illustration*）報導中國情況的原件……，這些資料，在今天都已是件件珍貴了。

巴黎的華僑，早期以浙江青田人爲最多，當年傅斌春在巴黎所看見的，就是浙江青田人，這些人除了「三把刀」（剪刀、菜刀、剃頭刀）外，就沿街販賣一些「青田石刻」，第一次世界大戰時，數萬華工湧入，這才慢慢的改變了情況，再下來清廷發動「勤工儉學」，這才把知識份子加進去。

這些中國勞工或是知識份子，爲了生活，有很多人不得不在雷諾汽車工廠工作，他們的工作大多是打磨鐵板或是其它比較辛苦的工作，當年以「勤工儉學」名譽到巴黎留學的鄧小平，也是其中之一，不過鄧小

✿巴黎裁判所附屬監獄。想當年，路易十六與皇后都是由此分別走上斷頭台。

平太聰明，沒幹幾天就「開溜了」，現今車廠還有他的上工紀錄。

早年的華人到達巴黎後，多集中居住在里昂火車站（Gare Lyon）附近的沙隆區（Ilot Chalon），現在這一部分已被巴黎市政府改建爲「沙隆大院」（Cour Chalon），原因是，中國人在馬賽下了船，改乘火車來巴黎，到達後，下了車，就是里昂火車站，並且這一帶原是巴黎最沒落的地區，房租比它處便宜。

史漢說：「這些早期中國移民推動了二十世紀三〇年代的移民潮，他們不斷的在巴黎與故鄉之間來來去去，並帶來新移民。」史漢又說：「遺憾的是，這些早期移民由於本身貧困，因此所受的教育不多，後來由於謀生的壓力，幾乎沒有餘暇也沒有能力把自己已經不多的中國知識傳給後代，再加與法國人通婚的原因，因此他們的下一代幾乎沒有中國文化的痕跡。」

不過現今交通發達，再加中國海峽兩岸的分治、中南半島的動亂、亞洲某些地區的貧窮與混亂，今日中國人遠赴海外的目的、動機、生存的方法，都與往年有很大不同了，而且在華僑中，也不僅是勞工階級，所從事的行業更不是「三把刀」的時代所能比擬，但今日華僑在巴黎的這段歷史，還是沒有人注意。

中國城？

中國人有一句豪語：「有海水的地方就有中國人！」不錯，事實確是如此，但是肯用頭腦的中國人如果仔細思索起來，這句話卻是一句阿Q式的豪語，應該不是一件光榮的事。中國人可曾思索過這些中國人爲什麼遠赴「有海水的地方」？他們的身後背負著一個怎樣淒涼的故事？那麼中國人的豪語還豪得起來嗎？在世界上，與中國人同樣喜歡到「有海水的地方」去的，可能是西班牙人，他們也是「有海水的地方就有西班牙人」，西班牙人爲什麼要遠走高飛？借用一個西班牙貴冑的言語：「因爲西班牙人覺得他的背後有一根針『刺』他！」然則中國人的背後也有一根針嗎？

中國歷史悠久、文化厚實，再加中國人肯吃苦、肯耐勞，還有中國人特有的鄉土觀念，這是中國人在海外受歡迎的原因，但也因爲中國人的文化過於厚實，這使中國人雖居住在海外，也不肯融入僑居國的文化，這卻是中國人很大的缺點。舉例來說，一個中國人雖在海外居住了幾代，但心裡仍是中國人，吃的是中國東西，看的是中國報紙、中國電視，說的也是中國話，交的朋友也是中國人，甚至結婚的對象也是中國人，更如「旅法同鄉會」、「旅法總商會」、「旅法留學會」……等

大皇宮與小皇宮面對面，亦是為萬國博覽會而建。大皇宮長240公尺，高20公尺，使用大量鐵材與玻璃，是大型藝術展覽的場所。

等，注意一個「旅」字，雖然自己已在僑居國紮根了，更也沒有落葉歸根的想法了，但在心理上，還是「旅客」。因爲中國人這種不願、也不屑融入僑居國的文化的態度，使中國人在海外的地位的提升，產生了很大的阻力，因爲當地人並不一定喜歡一個與他們吃不一樣的東西、說不一樣話、在國難當頭並不願負擔義務、只想在經濟上與他們分享成功的文化不同的「旅客」，這就是當地國的人排擠外來移民的主要原因。中國人更加多了一件麻煩，中國人不願當地國的人小看自己，當然更不願看當地人排擠的臉色，而且中國人爲了互保，中國人就只有聚族而居了。

也因此，凡是中國人較多的地方，就出現了中國城。

中國城的出現，對當地國的人並無敵意，充其量中國城只不過是爲中國人提供生活、交際等的方便罷了，但是因爲中國城的出現，更加強了中國人聚族而居的觀念，也更使中國人更不願融入當地國的文化之中，因此對當地國來說，中國城的出現與存在並不是一件可喜可賀的事。法國媒體就把巴黎的兩個中國城形容爲「國中之國」，是巴黎的恥辱，可見法國人對它沒有好感。有些媒體更直言：「這些『終身旅客』，既不願接受法蘭西文化，也不願分擔法蘭西國難的人（許多巴黎華僑的下一代，凡是男性，大都不入法國國籍，藉以逃避兵役，但女性卻爭先恐後的搶著入法國籍，因爲女性不需服兵役），卻還要在巴黎發揚中華文化，這是什麼倒果爲因的事啊？他們首要的就是接受法蘭西文化啊，因爲法蘭西的成敗是直接影響他們生活與前途最大的因素啊，不是那個遙遠而且已把他們拋棄了的祖國啊！」……但是仍在海外大力推動發揚中華文化的僑務委員會，能聽見這個聲音嗎？

中國城替中國人提供了很大方便，這是事實，但對當地國人來說，卻是一支芒刺在背，因此並不受外國人歡迎，想利用中國城發揚中華文化的中國人，應該深思。新台灣人反對天母外國人特區、反對外僑區，想想看，當地人反對中國人在他們的國家裡出現中國城，是不是也是同一個道理？法國媒體說：「將心比心啊！」

✿凱旋門上的浮雕。

法國的種族歧視

在經濟景氣時，法國需要人力亟殷，因此由殖民地引進大批勞工，這些經濟移民爲解決民生問題，什麼工作都肯做，因此幹的都是法國人不肯幹的、粗劣的、單調的、辛苦的、骯髒的、最最低薪的工作，也因這種原因，他們本身少有受教育的機會，他們的下一代、再下一代、再再下一代，也不一定有，因此他們幾乎都少有進入高級社會的機會。這些移民的收入既不高，所受的教育也不多，他們在社會上的地位也就卑微起來，再加上這些移民多是回教徒，在宗教信仰上，與法國篤信的天主教也不同，因此雙方互有磨擦就很難避免了。

這種磨擦，在法國經濟景氣亟需大量人力的時候，並不十分顯著，但當法國經濟不佳社會浮動的時候，問題就多了，因爲失業的常常是這些移民，法國人認爲這些移民搶了他們的飯碗，雙方爭執起來，同時民族歧視也伴著誕生。

法國外來移民約占全國人口的百分十二，其中多爲非洲移民，這些人多信仰回教，他們的生活、文化、傳統、思想與信仰，與法國人有很大的不同，尤其是，近些年來，回教徒常常表現出一種好戰的氣氛，這叫法國人受不了，因此磨擦也就跟著更多了。目前回教是法國第二大宗教，第一是天主教。

回教婦女自十二歲起，就有戴頭紗的傳統，這是宗教的要求，不論在室內室外都是如此，因此這個頭紗也是代表宗教的符號之一，但是在法國這個天主教國家裡，在室內是不戴頭紗的，因此不符法國文化。本來這小小的頭紗，不是什麼大不了的事情，但在經濟不景氣帶起來的排外風氣下，就是文化的大事了，所以一個法國中學校老師命令五個回教徒移民女學生在上課的教室裡解下覆髮的頭紗時，沒想到會被五個女學生拒絕，老師一怒，索興把這五個女學生逐出教室，老師所持的理由是：教室是一個中立性的地方，任何宗教都不能在教室裡出現，這些回教女學生頭戴頭紗進入教室，會強烈引起干擾，除了引起其它學生的學習情緒外，並使教室成爲宣揚回教的地方，這使教室失去了中立性。

老師的理由不能完全說是錯的，但這件事的背後，明顯的有種族歧視的成分在內，因此雙方力爭，一時成了最轟動社會的新聞，但沒有人有解決的辦法，最後這件事一直鬧到總理府與總統府，但總理與總統也都沒有解決的好辦法，他們最後的決定是「老師有權決定允不允許戴頭紗的婦女進入教室」。他們的決定等於把問題推回給原來的人。

法國右派執政時，曾有「零移民」政策，目的就是阻止日漸洶湧的回教移民風潮，但這背後，顯然也有種族歧視在內，後來這個政策在左派執政時被局部推翻，但任誰也無法擺平明裡暗裡的種族歧視。不過，說眞的，有些外來移民，雖身在巴黎，依然不改在本國的劣習，隨地吐痰、隨地停車、隨時在公共場合喧嘩、衣衫襤褸、隨時隨地做些有悖當地文化的舉動……這些這些，又怎能叫法國人忍受？

那麼我們中國人是不是也有種族歧視呢？當法國的頭紗問題鬧到最高潮時，時任政大校長的張京育先生來巴黎公幹，校友以頭紗問題請教「有教無類」的中國教育專家：「如果政大的教室裡突然出現了二十個身穿佛教徒服裝的學生，政大會轟他們走出教室嗎？」沒料張校長的回答叫人深刻難忘：「這是一個假設的問題，我不回答！」

手札

手札

手札

手札

手札

手札

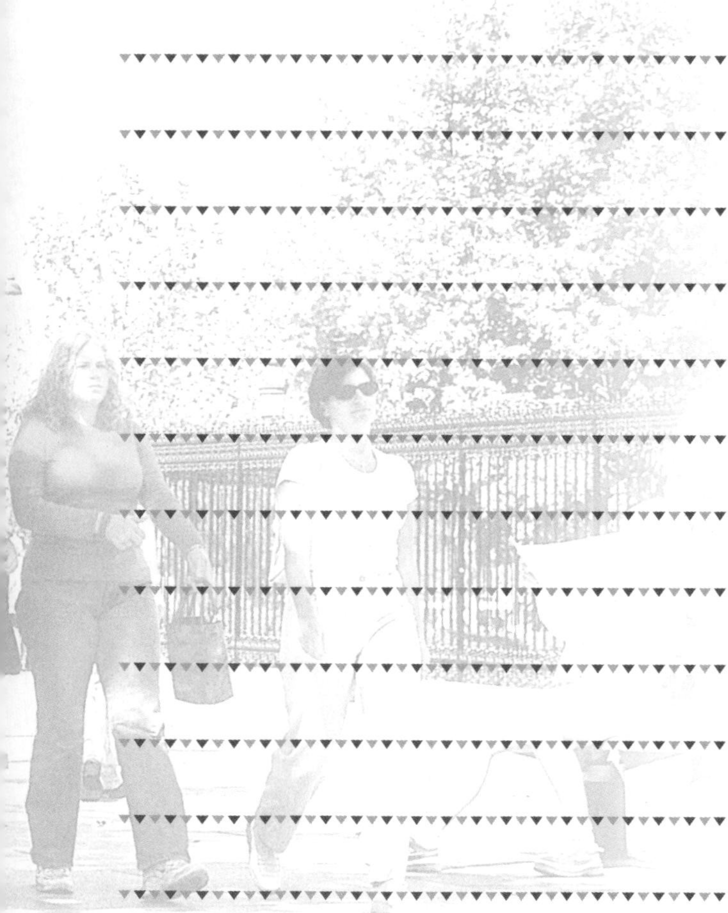

手札

手札

巴黎瘋瘋瘋

Enjoy 05

著　　者／張寧靜
出 版 者／生智文化事業有限公司
發 行 人／林新倫
執行編輯／晏華璞
美術編輯／周淑惠
登 記 證／局版北市業字第677號
地　　址／台北市新生南路三段88號5樓之6
電　　話／(02)2366-0309 2366-0313
傳　　眞／(02)2366-0310
E-mail／tn605547@ms6.tisnet.net.tw
網　　址／http://www.ycrc.com.tw
郵撥帳號／14534976
戶　　名／揚智文化事業股份有限公司
印　　刷／鼎易印刷事業股份有限公司
法律顧問／北辰著作權事務所　蕭雄淋律師
初版一刷／2001年1月
定　　價／新台幣280元
ＩＳＢＮ／957-818-207-4

總 經 銷／揚智文化事業股份有限公司
地　　址／台北市新生南路三段88號5樓之6
電　　話／(02)2366-0309 2366-0313
傳　　眞／(02)2366-0310

國家圖書館出版品預行編目資料

巴黎瘋瘋瘋 / 張寧靜著.-- 初版. -- 台北市：生
智, 2001 [民90]
面；　公分. -- （Enjoy；5）

ISBN 957-818-207-4（平裝）

1. 法國巴黎 - 人文

857.85　　　　89014482